Best Time

白 马 时 光

这个恋爱有点甜

有点甜

This
Love Is a Bit
Sweet

2

柚子多肉~著

百花洲文艺出版社
BAIHUAZHOU LITERATURE AND ART PRESS

图书在版编目（CIP）数据

这个恋爱有点甜 . 2 / 柚子多肉著 . — 南昌：百花
洲文艺出版社 , 2019.11
ISBN 978-7-5500-3433-4

Ⅰ . ①这… Ⅱ . ①柚… Ⅲ . ①言情小说－短篇小说－
小说集－中国－当代 Ⅳ . ① I247.7

中国版本图书馆 CIP 数据核字（2019）第 217406 号

这个恋爱有点甜 2
ZHE GE LIAN'AI YOU DIAN TIAN 2

柚子多肉　著

出 品 人	李国靖	
特约监制	王　瑜	
责任编辑	刘　云　黄文尹	
特约策划	王　婷	
特约编辑	酒　酒	
封面设计	80卧匣 · 小贾	
版式设计	王雨晨	
封面绘图	变质牛奶	
彩插绘图	颜琦建	
出版发行	百花洲文艺出版社	
社　　址	南昌市红谷滩世贸路 898 号博能中心 Ⅰ 期 A 座 20 楼	
邮　　编	330038	
经　　销	全国新华书店	
印　　刷	嘉业印刷（天津）有限公司	
开　　本	880mm×1230mm　　1/32	
印　　张	9	
字　　数	190 千字	
版　　次	2019 年 11 月第 1 版第 1 次印刷	
书　　号	ISBN 978-7-5500-3433-4	
定　　价	39.80 元	

赣版权登字：05-2019-270
版权所有，侵权必究
发行电话　0791-86895108　　　　网　址　http://www.bhzwy.com
图书若有印装错误，影响阅读，可向承印厂联系调换。

—Sweet Love—
·目录·

—Sweet Love—
·目录·

Chapter 1

电梯爱情故事

我又宿醉了。

我按着脑袋坐起来的时候，发现自己居然在自家床上，惊讶得不行。

要知道前两次我喝醉了都在电梯里睡了一宿。

床头搁着一杯醒酒神器芹菜汁，我捏着鼻子喝了一大半，然后微信问我妈：昨晚你接我回来的？

我妈出去跳广场舞了，一时半会儿也不会搭理我。

我洗了个澡，把自己收拾干净之后匆匆出门。我还在拉我长筒靴的拉链，电梯门就猝不及防地打开了。

里面还站着一个个子高高、白白净净的小哥哥。

小哥哥看了我一眼，眉心拧了一下，然后往后退了一小步。

欸？难道我身上还有酒味？

我冲他笑了笑，然后一边拉着另外一只靴子的拉链，一边进了电梯。

进电梯之后，我争分夺秒地对着电梯里的镜面刷睫毛膏、描眼线、涂口红，一气呵成之后，我才从镜子里和身后的小哥哥对视上了。

大概对视了两秒钟，我发现小哥哥五官长得很是好看，鼻子又高又挺，眼睛是湿漉漉的鹿眼，看着就让人想欺负。

我们小区居然有这种极品帅哥，住同一栋楼的我都没发现？

好气哦。

小哥哥还是没有收回视线，我忍不住对着镜子里的他做了个飞吻的动作。

他接收到这个飞吻之后，明显被吓了一跳，微微一顿之后也不知道想到了什么，就突然笑了一下，然后摸了摸鼻子撇开了视线。

我做完那个动作就后悔了，大早上的我干吗这么猥琐？

绝对是酒没醒。

电梯到了一楼，他就下去了，我继续坐到负一楼，刚下电梯就收到我妈的语音信息。

"谁去接你啊，我告诉你，下次你再这样喝我家门都不让你进！"

"昨晚送你回来的是一个挺好看的小男生，进门的时候你还抱着人家腰死活不撒手，真的被你丢死人了。"

我蒙了："小男生？？？"

"是啊，不是你们公司的？"

"长什么样的？"

"好看的，哎呀你自己去保安室那边看监控，我跳舞了不和你说了。"

我又坐电梯回了一楼，出来的时候就看到刚刚那个小哥哥正站在小区门口打电话，走近了就听到了几句话。

"……一个怪姐姐，还蛮……"

然后他就听到声音回头了。

我们两个人视线相接的时候，他的脸都僵住了，于是我基本确认他就是在说我了。

我也觉得尴尬，但他应该比我更尴尬。

我故作镇定，目不斜视地越过他走出去了。

怪姐姐，呵呵。

我到了保安室，保安对我已经很熟悉了，见到我就问："昨晚又喝多了？"

大哥给我查了监控，昨晚是代驾开车把我送回家的，她把我丢进电梯就走了，电梯从负一楼到一楼的时候停了一下，然后有个男生进来了。

虽然画面不是非常清晰，但是我还是一眼就认出来了，监控里的男生就是我早上遇到的小哥哥。

这身高丢在人堆里太扎眼了。

啊，难怪他刚刚看到我的时候是那个表情。

电梯里的我，在看到帅气小哥哥进电梯的时候，立刻就站直了身子，我现在都可以想象自己当时眼睛发亮的表情。

在帅哥面前真的是很不矜持了。

接着，画面中的我，似乎对着小哥哥说了一句话。

小哥哥显然没有注意到旁边的女人喝醉了，所以吃了一惊，嘴巴微张着，大概是说了个："啊？"

屏幕里的我，不要脸地凑近了一点，又问了一次。

小哥哥迟疑了半秒，然后微微摇头。

下一秒，我就看到自己抬手，钩住他的脖子，把他的脑袋往下压，然后踮脚亲了上去。

整个动作如行云流水一气呵成，完全没给他任何反应和防御的机会。

啊啊啊啊啊啊啊？！

我惊得撑着膝盖的手都滑了一下。

而且这个强吻，还持续了一分多钟，虽然监控不清楚，但是通过我头部的动作，我能猜到，这是一个比较深入的吻。

监控里的他，蒙圈了。

监控外的我，蒙圈了。

我旁边的保安，一脸意味深长地看着我。

难怪那个小哥哥刚刚看到我的时候是那个表情！！！

我不想活了。

第二天，整个小区都传遍了，3栋2单元18楼那个做警察的女生，在电梯里强吻了一个男生。

我妈嫌丢人，都好几天没出门了，去买菜都要戴个口罩。

我就不同了，我虽然也觉得丢人，但是那天之后，我被外派出去学习了一个礼拜，这一个礼拜天天都在忙，根本没空想这回事。

回家那天飞机误点了，我到家的时候已经十二点了，进电梯之后我完全没有力气了，撇开腿坐在行李箱上，脑袋靠着墙闭目养神，电梯上行至一楼停了一下，有个男生走了进来，大概是手里拿着东西不方便，就叫了我一声："美女，能不能帮忙按一下23楼，谢谢。"

声音还挺好听的……还有点熟悉，我缓缓抬头，和旁边那人对视上。

还真的是被我强吻过的小哥哥。

他显然也出乎意料，完全呆住了。

我收回视线，帮他按了楼层，然后继续靠墙闭目养神。

这种时候装作失忆是最好的。

空气中弥漫着一种叫作尴尬的寂静。

几秒钟之后，他忽然开口："嗯，你，你又喝多了吗？"

我感觉自己脖子都僵了，就这么僵着脖子回头看了他一眼，想否认来着，但是看到他的瞬间就改变了主意。

我点了点头："嗯！"

他小幅度地抿了一下唇，没敢再说话。

我算是知道我那天晚上为什么会强吻他了，我现在没喝醉都想亲过去了，别说那天晚上酒精上头了。

长得好看又超可爱的，让人看着就想欺负。

我坐在行李箱上划着两只脚挪到他旁边，仰着脑袋看他："你过来一下，我告诉你个秘密。"

他犹豫了半秒钟，最后还是微微弯了腰，我再次以迅雷不及掩耳的姿态钩住他的脖子，蹦起来亲了一下他的脸。

兵不厌诈，嘻嘻。

他拎着两个袋子呆在那里了。

恰好电梯到了，我连忙双脚划地往外撤，偷亲了一口就跑，真刺激！

然而我并没有很潇洒地跑掉，不仅没有跑掉，还被电梯门槛绊了一下，直接连人带箱子摔到地上了。

后面立刻传来了一声"扑哧"。

很小声，但是我听见了。

我真的是……

我很希望电梯门快点关上然后把他带走，结果电梯门不仅没关上，还夹了一下我的行李箱。

绝望中，身后的人走过来帮我扶起了箱子，还把手伸到我面前："还起得来吗？"

我简直想把自己的头塞进行李箱。

他在我面前蹲下，歪着脑袋看了我一眼："嗯？"

颜值即正义。

我只好把自己的手放到他手上。

他笑了一下，轻轻一带就把我拉起来了。

"没摔疼吧？"

"没，没。"

他还是象征性地扶了一下。

站稳之后的我故作镇定，一边从包里翻找钥匙，一边跟他说："谢谢啊。"

他"嗯"了一声，忽然又问："你真的喝醉了吗？"

我慌了一秒，又马上面不改色地回答："是啊。"

他笑了一下："可是，你刚刚亲我的时候，我并没有闻到酒味。"

"……"

超级尴尬。

"那你明明有机会躲开，你为什么不躲？"我硬着脖子反问。

要尴尬大家一起尴尬！

他一脸被噎了的表情。

更尴尬的是，在我们俩面面相觑的时候，我家房门突然开了，我的老母亲拿着垃圾探出个脑袋来，愣了一下，然后飞快地把垃圾往门口一放，撂下一句："打扰了。"

然后砰地关上了门。

气氛更尴尬了。

我反手给他按了电梯，然后迅速掏钥匙开门，拉行李箱进屋。

我妈就站在门边，笑得贼兮兮："新男朋友？是不是比你小啊？"

"妈，咱搬家吧？"

我妈："？？？"

第二天，小区又传遍了，18 楼那个女警察，强吻了别人之后在电梯门口摔了个狗吃屎。

我妈收拾了衣服，说要回老家避几天，我拦都拦不住。

"丢脸！"我妈说，"我老脸都给你丢光了！非礼人家也不知道戴个口罩面具什么的！"

她说她去打麻将的时候还遇到了那个男生的妈妈，人家叫她亲家母，尴尬得她一把都没和！

其实我才是那个想避几天的人好吗？

之后几乎每天我都能在电梯里和他碰到，打招呼也不是，不打招呼也不是，只能礼貌地冲他一笑。

他都会回我一个："早啊。"

非常奇怪的关系。

星期一的时候，我们去网吧巡查，恰好查到我们小区的这个片区，我和另外一个同事走了一圈，要出去的时候，我突然停下了脚步，走到一个在玩 LOL 的男生身后看了一会儿，看着他满血被残血反杀，然后笑出了声。

旁边的人虽然戴着耳机，但还是很警觉地发现了我，立刻就扯掉了耳机回头。

给我完美诠释了什么叫一脸茫然。

"常规操作？"

他很尴尬，按着快捷键迅速回到了桌面，掩盖掉他的战绩，然后才问我："你怎么在这里？"

"警察检查。"我敲敲桌子，摆出公事公办的表情，"麻烦出示一下身份证。"

他很乖，立刻就从口袋里翻出了身份证递到了我面前。

成年是成年了，但是 1997 年的？

"还在读书？"

"大三了。"

我心情复杂，他居然比我小四岁！

我的妈呀，我怎么下得去手的？强吻人家两次！

"你居然真的是警察。"他说。

"什么叫居然真的是？"我把他的身份证还给他。

"之前听小区的人说的，我以为他们是乱说的。"

"他们说什么？"

他一脸"不知道当说不当说"的模样。

我简直要被他急死了："他们说什么了？"

"说 18 楼那个女警察，强吻了别人之后，在电梯门口摔了个狗吃屎。"

"……"我一脸冷漠，"闭嘴。"

"噢。"他停了停，又说，"难怪身手那么好。"

"我身手哪里好了？"

"强吻我的时候，我根本挣扎不了。"

"还能不能越过这个话题了？"

他看起来比我还无辜："亲都亲了，还不让说吗？"

说得……也是。

我觉得很尴尬，只能凶他："玩你的游戏！别耽误姐姐工作。"

他"哦"了一声，回头继续玩游戏。

他游戏是真的玩得烂，我还没见过哪个男生玩游戏这么菜过，技能全空，走位全撞到人家的技能上。

他还在左下角打字，打了个问号。

差点没被队友骂死。

"你……"我忍不住问，"玩这个游戏多久了？"

他一边胡乱操作，一边回答我："五年了。"

"什么段位？"

"啊？我不打排位的。"

也是无话可说。

"你上机到几点？"

他停顿了一下，回头看我："我充了两百块的卡。"

"那你等我，我下了班过来带你。"

他的眼睛亮了一下，好像很开心："真的吗？"

"嗯。"

"那你几点下班？"

"五点半下班。"

"那我等你！"

他眼睛弯弯的，超可爱。

说是五点半下班，其实我还加了一会儿班，回到那附近的时候已经六点半了，我买了点吃的，再进网吧的时候没有看到他。

我又没有他的联系方式，要走的时候被前台的网管叫住："美女，两百块的小哥哥换了包厢，前面左拐到尽头就是了。"

欸？

我顺着他指的路走到了包厢门口，门开着，他人就在里面，托着腮在看《蜡笔小新》。

这个人看动画片也没戴耳机，我敲敲门，他立刻就回头了："呜呜呜我还以为你逗我呢。"

脸上表情就好像幼儿园的小朋友一直在等家长来接一样。

我忍不住笑了，原来他这么萌的吗？

"专门开了个包厢等我的吗？"

"不然呢？"

我走进去把吃的放桌上："吃东西了吗？"

他可怜巴巴地看着我："没有，不敢走，怕你来了看不到我就走了。"

"加了会儿班，不好意思啊。"我是真的不好意思了，还好东西买了两份，"先吃吧。"

他不太好意思："你吃吧，我还不饿，我一会儿自己叫外卖。"

"吃吧，我买了两份。"

说还不饿的人，最后吃得干干净净的，问我还有没有。

于是两个人又点了一份外卖，挤在一起，一边看《蜡笔小新》一边吃，吃得津津有味。

吃完东西已经八点多了，我们只打了两局，我开了小号带他打排位，简直被他坑到没脾气。

"你过来点他啊！技能往哪儿丢呢？走位，你绕一下！哇，没看到我们在打团吗？你又到哪儿散步去了？"

他也是完全没有脾气的人，被我骂也不生气，还笑到咳嗽："马上来马上来，好好好，我走位我走位，我帮你挡伤害。"

真的累。

回去之后我们互换了微信，他在微信问我：我是不是很坑？

我回了一个是。

他回了一个挤眼泪的表情，又问：以后不会不带我打游戏吧？

我想了一下，回复他：可以带，不过要等我下班。

他：好哇！等你！

那之后的两个礼拜，我每天下班就去网吧和他窝着打游戏，晚饭有时候是外卖，有时候会和他在外面吃。

打游戏是可以提高生活幸福感的一件事，和声音好听的小哥哥连麦打，更是幸福感爆棚的事，更别提偏过头就能看到好看的小哥哥了。

完全是我每天上班的动力。

连我们领导都问我是不是恋爱了，每天那么急急忙忙地下班，还老是对着手机傻笑。

我也才发现，就认识小哥哥半个月，我和他的微信聊天记录就有一百四十多兆了。

这是有多能聊。

我们两个一旦开始聊天，好像就完全不缺少话题。但是他也很贴心，平时要上班，他都会看着时间，到十一点就打住话题，催我去睡觉。

我已经很久没有遇到过这样的人了。

现在的小男生都这么可爱、这么暖心吗？

真的很让人受不了。

周五晚上单位专项行动，我跟他说了一声，他说他也有聚餐。

我调侃他：游戏都不打了，和小姐姐聚餐？

他回我：没有小姐姐，一个人打游戏没意思。

我：真的吗？

他：真的，你今晚加班到几点啊？

我：说不准。

他：扫黄打非吗？

我回了一个坏笑的表情：是啊，希望不要在宾馆逮到你啊。

还真给他说中了，我们今晚就是去扫黄的。

还真给我说中了，我在宾馆碰到了他。

这个城市那么大，宾馆那么多，我偏偏就和他撞见了，他搀着一个看起来喝醉了的女生要进电梯，被我同事拦下了。

我站在旁边，百感交集地看着他。

他似乎也喝了不少，眼尾红彤彤的，看到我的瞬间，简直慌得神都没了。

"她是我朋友……她喝多了不敢把她送回家，我们不是一起来开房的，我送她上去就下来了，还有个女生，去洗手间了……"

我同事笑起来，开玩笑说："我在问你话，你对着我们警花说干吗？怀里一个厕所一个，有两个了还打我们警花的主意呢？"

我转身就走，走到大门台阶的时候，身后有人追过来，很用力地拉住了我。

"我真不是来开房的！"他跟我解释，"一堆人一起喝酒，她喝多了。"

我回头看了一眼，那女生就被他搁在大堂沙发上了。

"你不需要跟我解释吧。"我说，"先把人弄上去吧，一个女生那样丢那儿不好。"

"那你在这里等我，好不好？"

"你先撒手，你抓疼我了。"

他吓了一跳，连忙松手："对不起。"

"干吗呢？"我同事走过来，揽起我的肩，"真敢骚扰我们警花啊？"

他看看我同事，又看看我，似乎误会了什么，表情变了一下："对不起。"

我叹了口气，推开我同事："你们先回去，我认识这个小朋友，一会儿跟他走。"

"噢哟？"我同事露出意味深长的表情，"懂了。"

我在大堂等他，他倒是很快就下来了。

"不需要再照顾一下吗？"我问，"一个女生喝醉了……"

"另外一个没有喝太醉。"他说，"因为大家都喝多了，只能由我负责善后，真的只是朋友。"

我笑了："干吗非要跟我解释啊？"

他一下子就停住了，隔了很久才小心翼翼地开口："你一点都不关心，那个女生是不是我女朋友吗？"

我没作声。

他又说："可是我很关心，刚刚那个男生，是不是你男朋友。"

我又笑了："他如果是我男朋友，会允许我留下来等你？会允许我每天下了班去和你打游戏？"

他也跟着笑，有点得逞的意味："这样啊。"又问我，"那你为什么要每天下了班和我打游戏？"

"因为我喜欢打游戏啊。"

"那你为什么要留下来等我？"

"你喝多了，我怕你回不了家，照顾小朋友是应该的。"

"你非要这么嘴硬吗？"

"什么嘴硬……"

我的话被他的嘴堵住了。

就在酒店大堂，灯火通明，前台还有几个人，他就这么亲我。

果真是喝多了。

他亲了一会儿就松开了我，额头抵着我的额头，眼睛亮晶晶的："软软的嘛。"

我给他撩得脸红了："干吗亲我？！"

"你亲了我两次，我不能吃亏。"

他说完，又偏头要亲过来，被我躲开了："你喝多了。"

"我是喝多了，不然哪里有勇气亲你，哪里有勇气表白。"

"你哪有表白？！"

"这还不够明显吗？我一个不会打游戏的人，为什么要天天泡在网吧和你打游戏？"

"为什么？"我非要问。

"因为我喜欢你。"他很乖，知道我想听，就说了，"很喜欢你，头三次在电梯里遇到你的时候，我就喜欢上你了。知道你喜欢打游戏，就去网吧尝试着玩了，没想到第一次玩就碰到你了。"

"那你还说你玩五年了？"

"确实是五年前就玩过，但是那时候不着迷。"

"天哪。"我捂脸。

"你喜欢我吗？"

"喜欢啊，第二次亲你就是故意的。"

他"嘿嘿"一笑，摸摸我的脑袋："我就知道！"

♥♥♥ *Chapter 2* ♥♥♥

暗 恋 记 录 博

晓冉冉 er

关注：305 ｜ 粉丝：73

简介：一个工作吐槽小号，吃很多的哈哈怪。

♡ **2018-11-26**

　　终于入职啦！找了半个月的工作都没找到，最后还是得靠我表姐帮忙，哈哈哈哈。

　　希望这是一份不用加班的工作！

○ **2018-11-27**

　　加班……

○ **2018-11-28**

　　加班×2。

○ **2018-11-29**

　　加班啊啊啊啊啊。

○ **2018-11-30**

　　今晚还要加班嘤嘤嘤。

2018-12-03

新的一周开始了！希望这周不加班！

2018-12-04

还加班……我决定一会儿蹭完工作餐就溜。

2018-12-04

嘤呜呜呜，刚刚在电梯里遇到一个好好看的男人！

就是那种日系优雅大叔，他看到我跑过来，还帮我按了电梯，很有礼貌地问我是哪个部门的，问我今天不加班吗，我说我翘班了，问他是不是也翘班的。他笑眯眯地说自己不需要加班。

好气哦为什么我们部门要加班。

2018-12-04

睡前再回味一下。

我觉得我恋爱了。嘻嘻。

为了他，我决定不辞职。明天想办法去要微信，希望他单身。

2018-12-05

今天早上上班迟到了。

但是因祸得福地遇到了帅大叔。

大叔今天穿的灰色的西装套装，哇，整个人帅到发光。

电梯里就我们两个人，他还冲我笑了笑。我觉得这是老天给我的机会，如果我不抓住，我可能会后悔很久。

我假装自然地跟他搭话，问他是哪个部门的。

帅大叔笑了笑："你猜。"

我完全被电晕了。

我把我已知的部门都念了一遍，他都说不是。

还剩下一个人事部，我没有问，因为很可怕，如果他是人事部的，那我翘班还告诉了他，我不是完蛋了吗。

最终还是没有鼓起勇气要微信。

2018-12-06

今天不用加班！！

下班的时候所有人都挤在电梯口，我远远跑过去，就看到左边电梯正在缓缓合上，而且里面只有一个人。

我连忙一个箭步冲过去，按住电梯键，电梯门开之后迅速溜进去，然后还招呼等在另外一个电梯门口的大家："进来啊，这架电梯没人。"

外面所有人都有些蒙地看着我，而且并没有一个人进来。

我等了一会儿，看确实没人要进来的意思，就纳闷地关了电梯门。

门关上之后，我才从电梯门上的反光里发现背后站着的是帅大叔。

他冲我笑了笑。

我有点不好意思，一直在想刚刚自己跑过来的样子蠢不蠢。

不过既然又是我们俩一架电梯，我就鼓起勇气，问他："你叫什么名字？"

他："嗯？"

"可以要你的微信吗？"

他似乎愣了愣。

我很怕被拒绝，连忙又补充："工作交流，工作交流。"

他隔了一会儿，然后才笑着给了我微信。

我好幸福！

2018-12-07

给帅大叔发微信。

他没有回复。

2018-12-08

给帅大叔发微信。

他没有回复×2。

2018-12-09

周末了，给帅大叔发了画展的链接，想约他去看。

他没有回复×3。

好高冷啊。

我更加喜欢了怎么办？

嘤嘤嘤。

2018-12-09

给帅大叔发了"理我一下"的表情包，帅大叔回复了。

"不好意思，这个周末去香港开会了，没怎么看手机。"

是语音，声音不要太苏啊！！！

我抱着手机流泪了。

2018-12-10

我无语了……

帅大叔居然是我们公司老板……

啊！！！（杉菜尖叫）

我也太惨了吧，我居然撩了我老板……天哪。

今天早上例会我被人事部点名批评，迟到加早退。

所有人都盯着我看。

本来我还在奇怪是谁打的小报告，下一秒就看到那个大叔（呸）走到上面，冠冕堂皇地说："年末了是有点忙，大家都坚持一下，一年也就这几天加班而已，希望个别新入职的小朋友不要松懈。"

我全程这个表情：微笑。

这两个月我们公司新入职的也就只有我了。

我那短暂的爱情。

我职场的未来。

一瞬间都离我远去了。

我好恨。

2018-12-11

下班前部长来找我，跟我说那两个电梯，左边那个一般都是老板和领导搭乘，平时可以用，但是上下班的时候最好不要用。

我乖巧点头：好的我知道了。

我要是早知道，我也不会天天搭啊。

新入职的时候也没人给我培训这个啊。

非常委屈。

2018-12-12

昨天开完会之后，我觉得很丢人，回去就写好了辞职信，发给了人事部。

十分钟后，人事部部长在群里艾特所有人问：谁给我发的辞职信没有署名？

人生再一次遭遇这种公开处刑，我简直想死。

当然不可能承认，但是人事部部长又甩了邮箱截图出来，问是哪个部门的。

我们部长说：是我们部门的王晓冉……

又在群里艾特我问：@王晓冉，你要辞职？

人事部部长说：辞职要纸质版，部长签名之后再拿到人事科@王晓冉。

我原地死亡。

我去跟我表姐说我要辞职，我表姐提醒我，我的实习报告必须得满三个月，如果现在辞职找新的工作，就不达标了。

但是实习报告最后还得找老板签字，啊！！！

我表姐让我放心，她说老板和她很熟，签字很简单的。

我？？？那个大叔和她很熟？

她还警告我好好工作，不要给她丢人。

我要怎么告诉她，已经丢没了？

2018-12-13

今天又在电梯里遇到了老板。

我因为买早餐，迟到了两分钟，老板的专用电梯从负一楼上来，另外一个员工用的电梯还在九楼。

他按着电梯门在等我，我只能硬着头皮进去了。

进电梯的时候，老板还故意看了一下手表。

这不就是在提醒我迟到了吗？

我心里在呵呵，表面上还得跟他打招呼说陈总早（假装那个疯狂撩他给他发信息的人不是我）。

他也冲我微微一笑，说："早，你是余颖的表妹？"

我说是的。

他问："她现在还在英国？"

我有点奇怪，表姐不是说和他很熟？为什么他要问我？

"嗯，不过说今年回来。"我谨慎地回答。

他"哦"了一声，点点头。

随后电梯里一阵尴尬的沉默。

还好很快就到了。

2018-12-14

我服了，公司要搞年会，每个部门都要出节目，我真的好烦公司搞这些乱七八糟的啊，就不能好好上班吗？

2018-12-14

我要被笑死了，我们部门的节目是恶搞童话故事。

我因为是部门年龄最小的被抽去做卖火柴的小女孩了。

好无聊哦。

2018-12-17

今天非常冷。

中午休息的时候被部长拉到顶楼排练，上来的时候有好几个男的在抽烟，其中就有我们老板。

他们问我们上来排练不冷吗。

我们问他们上来抽烟不冷吗。

他们说上面风大，抽完烟身上不会有味道。

而且办公室禁烟。

然后排练的时候，所有人都在跺脚，老板笑着问我们是不是要表演踢踏舞。

2018-12-18

哇，今天开会，老板说把大会议室清出来给我们排练，真好。

2018-12-19

他好个屁！！

他偷偷录了我们在顶楼跺脚的视频，还配了音，发在了公司大群里。

很搞笑，说实在的，但是我看到一半就笑不出来了。

因为视频的后半段，我看到了自己冻蒙的脸，头发也乱糟糟，像金毛狮王（因为围巾有静电），还转头呆滞地看了一眼镜头。

反正看起来就很好笑。

我转头的那一瞬间，老板都笑了，声音不小，配音都没盖住。

然后马上就有同事截图了我的脸，做了表情包。

做了一个问号的表情包，还做了一个"刚睡醒，什么事"的表情包。

老板：哈哈哈哈哈哈哈哈哈哈哈哈哈哈哈。

整个群就数他笑得最开心。

哼！！！

2018-12-20

去偷看了别的部门的节目，都好有意思哦。

我们的节目太低端了，真的很像傻子，像小学生的节目。

2018-12-21

为什么我的微博也开始有哈哈怪了？

你们不许哈！只能我哈别人！

这个只是我的小号啊，吐槽工作的，别关注了，散了散了吧。

2018-12-21

排练和加班的日常。

我的生活已经被工作完全占据。

唉。

还好老板给我们叫了奶茶，还算他有良心。

2018-12-24

平安夜快乐！

今天年会啦。

宴会厅虽然有暖气，但是穿上演出服装还是好冷啊啊啊。

我的服装还是全场最破。

我们节目比较靠前，我们部长很紧张，大老早就让我们脱掉外套去候场了，我在后台冻得要死啊。

而且晚会的流程是，主持人说一大堆话，主持人说完，还要老板上去新年致辞，然后才开始第一个节目。绝望。

我旁边就是安全出口，总有一阵寒风挤进来，我真的冷得像卖火柴的小女孩，他们说我嘴巴都冻紫了，口红都不用打。

主持人上台的时候，老板也过来候场了，然后一堆女同事围上去开始奉承他，说他西装剪裁得体看起来超帅，问他是不是那种高定，还说他很有艺术家的气质，感觉上台就可以弹钢琴了。

老板笑而不语。

我白眼都要翻上天啦。

2018-12-24

我晕！

我刚刚翻白眼的时候，虽然撇开了脸，但是我旁边的墙壁上居然有一面镜子！我都没发现！！翻白眼的时候居然透过镜子和老板对视上了。

噫呜呜噫。

我内心慌得一批。

老板面不改色地冲我微微一笑。

我连忙和我旁边的同事大声说："太冷了！冷得我都翻白眼了！"

我同事："知道了，你小点声，我耳朵都要聋了。"

镜子里的老板转开了头，但是嘴角还是上扬着，笑得我瘆得慌。

终于熬到他要上场了，我刚松一口气，就听到他们说："陈总，你外套我们帮你拿吧。"

老板说："你们一会儿不是也要上场了吗？"

"那你放这个椅子上吧。"

老板顿了顿，突然抬头看了我一眼，说："拿给小王穿吧，别冻感冒了。"

我？？？ Hello？我为啥要穿你的外套啊？

而且你的"穿"字说那么轻音做什么？听起来就像在叫我小王八啊！

我根本没有拒绝的余地，因为他很快就脱掉了外套，还拿着外套，冲我扬了扬下巴示意。

外头主持人已经在说"让我们有请陈总上台发表新年贺词"。

掌声响起，同事也在催促他上台，但他纹丝不动地看着我。

我只好认命地走过去接过外套，还得违心地说："谢谢陈总。"

他笑眯眯地说了声"不客气"，然后才拿起话筒走上台。

我本来拿了他的衣服不打算穿的，但是真的太冷了，我就披上了。

这男人居然喷香水！啊哈哈哈哈。

不过还挺好闻的。

2018-12-24

哈哈哈哈哈哈哈哈哈。

我居然获得了最佳人气奖！奖品是一个 iPad！这波稳赚不亏啊！

其实我们那个节目真的很烂，我的那个 part 尤其无聊，但是我上台之后，一时紧张，就说了重庆话，反应过来的时候已经拉不回来了，只能全程用重庆话说台词。

我自己倒没觉得有什么，下台之后大家都说很好笑。

颁奖的时候是老板给我颁的，他笑眯眯地跟我说恭喜，突然觉得他也不那么讨厌了呢。

2018-12-24

其实本来也没觉得他讨厌啦。

我大概是爱而不得的羞恼心情吧，唉。

2018-12-25

年会结束到家洗完澡已经零点了。

我鼓起勇气给老板发了个 Merry Christmas。

大概是年会上的红酒喝多了（老板每桌都敬酒了，到我这桌的时候就站我旁边，还压了压我的酒杯，叮嘱我"小朋友少喝一点"）。

我本来没想喝的，他这么说之后，我喝了三大杯。

几分钟之后，他给我回了同一句话。

我本来都快睡着了，听到手机响还以为是在做梦。

嘴硬地回了一句：群发的啦？

他回：嗯，我不是。

不知道是不是因为我喜欢他，所以才觉得他说的每句话都是在撩我。

我说晚安。

他说：晚安小朋友，明天可以迟到一下下。

2018-12-25

我今天才发现，居然有人把我这个博当连载追了哈哈哈哈哈哈哈。

居然还有人说有点甜？ Hello？

总之这个不是恋爱记录博啦，我和我们老板不可能的。

2018-12-29

圣诞节那天，上班没看到老板，之后几天都没见到，听他们说是去东京开会了。

今天看到他发了朋友圈，说"今年又要在东京跨年了"，配图是一张在酒店落地窗前拍的照片，看起来有点孤单。

哎呀呀，我真心疼（假的）。

明天开始放假咯！

2018-12-30

咱们老板真的没有回国耶。

2019-01-01

做了一件蠢事，呜呜呜。

昨天不是看我们老板一个人在酒店跨年很心酸吗？我就掐着时间给他发倒计时，还给他发了新年快乐，还给他发了放烟花的那个表情包，还给他发我晚上吃的火锅（还配音讲解），总之我现在回头看就是蠢爆了。

然后两点多钟，我看到和他一起在东京出差的同事在群里发了他们在东京蹦迪的视频。

说是老板请他们喝酒跨年，一群人可嗨了，呵呵呢，还晒了他们的晚餐，吃的龙虾。

视频里老板露脸了一下下，大家在喝酒，他坐在旁边玩手机。

唉，侧脸真好看。

同事说：不知道老板在和哪个妹子聊天笑得一脸痴汉。

大家都在群里发微笑的表情，我也悄悄跟着发了。

大家可能是开玩笑发的，但我是真心实意的。

就很难受。

我觉得自己真的好蠢。

2019-01-01

　　然后他还在群里发了红包，我没有点，然后他们截图出来，问还有谁没有领，最佳手气还没出现。

　　搞到最后就我没有领，还剩一个大红包。

　　我不是很想领，好在也没人发现是我没领。

　　他在群里开玩笑说：还有谁没有领，不领我就自己拿走了？

　　还有，不是和我聊天啊，时间对不上。

2019-01-01

　　对哦！！！有时差！！！

2019-01-01

　　对上了，就是在和我聊天嘛哈哈哈哈哈哈。

　　突然有点害羞是怎么回事。

　　悄悄存了他的那个视频。

　　唉，我觉得我有点危险。

2019-01-01

　　！！！

　　他给我私聊了，让我领红包！！！

　　他居然发现是我没有领！

　　如果不是因为对我格外上心，怎么会知道是我没领呢？

　　群里可是两百多人。

　　哇，我心跳得贼快。

2019-01-01

　　刚刚我领了红包，然后顺手发了个"谢谢老板，有时间一起睡"那个表情包，我明天是不是要因为左脚先踏进公司而被开除了？

2019-01-01

我飞速撤回了，不知道有没有人看到。

我就看到表情包那里有个谢谢老板，就发了，发出去之后才看到后面那句。

我今天究竟怎么了？

2019-01-01

他看到了。

微笑的表情。

他还截图私发给我，还给我发了个"？"。

我回：手滑点错。

他：有意思。

嗯？有什么意思？

2019-01-02

上班啦。

听说老板好像回来了，我没看到。

2019-01-02

开例会的时候他出现了一下下，总觉得他有多看我几眼。

疯了吧，我真的是有什么疾病。

2019-01-03

我发现，当你开始格外留意某个人的时候，你就会听到很多关于他的事情。

我听到的，第一个关于他的八卦。

是他和对头公司女老板的恩怨情仇，据说两人青梅竹马非常要好，有一年两个公司还一起办了年会。

同事说那一场"大联谊"，让两个公司好多人都脱单了。

还说这两人年会时站在一块，郎才女貌，天造地设。

我表面上一直在哇，心里其实酸成狗。

"那他们现在呢？没在一起吗？"有同事问出了我想问的问题。

"这个我就不知道咯，可能在一起了，只是比较低调呢？"

我真实地心碎了。

他们还在说，我已经不想听了，转身要走的时候，就看到八卦正主正倚着门站在那儿，饶有兴致地望着我们，也不知道听了多久了。

我轻咳了一声，他们才发现，都很尴尬地和他打招呼，然后溜了。

我没有看他，低着头走了。

2019-01-04

好烦，不想上班，不想见到他。

2019-01-05

表姐今天回来了，为了答谢她给我找的工作，我约她出来请她吃饭。

顺便，问一下老板的事。

顺便而已。

2019-01-05

见完表姐回来太难过了，其实挺不想发微博的。

真的不是恋爱博，大家不必天天蹲着等我更新了。

我表姐变得好漂亮哦。

我跟这个表姐其实不算亲近，我俩岁数差蛮多的，小时候很少一块儿玩，她读完书就出国了，一直都很少联系。

她帮我找工作，只是因为我那天在朋友圈吐槽工作难找，又吐槽了专业，她才私聊我，说她朋友正缺这个专业的人，就介绍我过去了。

所以其实我们见面挺尴尬的，没什么话聊，好在表姐很随和，所以气氛还可以。

聊着聊着，她（终于）问到我工作上的事情了。

我说一切都好，工作环境很好，我很喜欢。

她又问我有没有接触过老板。

呵呵，那可真是"接触"得够深了。

当然我是不会这么说的，我只说他很忙，我很少见到。

"很少见到？"我表姐的表情立刻就有些意味深长了，"他可不是这么和我说的哦。"

我一下子就慌了，而且有点手足无措："啊？他说我什么了？"

"说你蠢蠢的，很可爱啊。"

我："……我哪里蠢了？"

"跟我说了你早退进了他的电梯，还问他是不是也早退，迟到也进了他电梯。他一开始还以为这个女职员是想勾引他。"我表姐说着笑起来，"后来发现你是真的蠢。"

我……一开始确实是在勾引他啊，这么不明显吗？

我忍不住问："表姐，你跟我们老板是同学吗？"

"是啊。"我表姐点点头，我刚要放心下来，她的下一句话就是，"他是我前男友。"

我当时心里真的，比听到他和对头公司女老板的绯闻还要难以接受。

而且我因为始料未及，忘了掩饰，还"啊？"了一声。

表姐看我的表情更意味深长了："为什么这么惊讶？"

"我，我上次，他还问我你有没有从英国回来。"我都紧张得磕巴了，"我以为你们不熟。"

　　表姐耸肩："前任关系，有什么熟不熟的，要不是你，我也不会和他说话。"

　　我更加不知道要说什么好了。

　　要是他们俩因为我的关系复合了，我该高兴还是悲伤呢？

　　因为我的停顿，话题没有继续，后来我们就不再聊他了。

　　为了不被表姐发现，我后面都一直在假装很高兴，一点也不想被她看出我因为知道了他们是前任而闷闷不乐。

　　虽然他们已经分手了，但是"喜欢上表姐的前任"，真的不是一件什么好事。

2019-01-06

　　失眠了。

　　不单单是因为见了表姐，还因为评论。

　　我其实不想放在心上的，但是看到还是会觉得很难过。

　　对啊，我入职不到一个月，就喜欢上一个人，这就要说我很随便吗？

　　我不是"容易对别人一见钟情"的体质，而是他真的很吸引人。

　　很多东西我没有在博上提过，关于他的那些优点，体恤下属、做慈善、细心温柔等等。这些我觉得没有必要说啊，都是体现在点点滴滴的，而且我喜欢一个人，我为什么要跟你们解释啊，这本来就是我的个人记录簿啊。

　　无聊。

　　跟你们较劲的我也很无聊。

2019-01-22

　　好久没上来了。

　　上来看到好多私信安慰我的，挺感动的，谢谢。

这段时间我自己想通了不少，觉得还是顺其自然比较好，所以就正正常常地上下班，本身他也很忙，我不刻意去接触他的话，基本也就没时间见到他。

2019-01-25

昨天又加班赶材料了，弄完之后部长让我今天一大早送过去给要出差的老板（他今早十点钟的飞机）。

所以我今天一大早起来送材料（比我平时早上班一小时），满心怨念地到了老板门口，他还没起床，我在门口等了十分钟，他才睡眼蒙眬地来开门。

我问他是不是没有听到门铃声。

"怎么是你来？"他和我说，"听到了，但是好冷哦，根本起不来，我刚刚还跟她石头剪子布，谁输了谁起来开门的，结果她输了，但是要赖不起来。"

我想了一下，发现自己被塞狗粮了。

这个人居然真的有女朋友了。

虽然我已经不喜欢他了，但是听到这种话还是情不自禁地酸了一下。

我把文件交给他，顺便让他签字带一份回去，他问我有没有笔，递笔过去的时候他碰到了我的手指。

这个人手暖得不像话。

他还很惊讶："你的手怎么那么冰？"

废话，我在门口等了你十分钟能不冰吗？

可能是我的表情太哀怨了，他终于有些良心过意不去，邀请我进屋。

我心想你快点签完，我马上走人不行吗？谁要进你屋子啊。

表面上还是客气了一下："不用啦，你屋里不是还有人呢嘛。"

他反而是一副"你在说什么猪话"的样子："我一个人住。"

那你刚刚跟鬼在石头剪子布吗？

他笑了一下："我是跟我的猫在石头剪子布。"

我又愣了一下。

什么！！！他居然有猫！！！

我更酸了。

在他的强烈要求之下，我勉强进了屋。

他给我签了字，还给我倒了一杯热水，我喝了一口，就看到他家的猫，优雅地迈出卧室。

看到猫的瞬间，我炸毛了，内心在疯狂尖叫。

他居然养了一只毛茸茸的高地。

唉，真的太可爱了。

这么讨厌的人怎么能养这么可爱的猫呢。

"我可以抱一下它吗？"我问。

"当然可以。"他签着字，头也不抬地说，"它很乖的。"

我伸手想碰一下它，它傲娇地躲开了。

我很尴尬，这一幕他也看见了，还皱着眉笑了一下，冲猫说："你也太不给我面子了吧？"

然后他就拎起猫的后颈直接往我怀里一放。

猫又一溜烟跑走了。

"至尊宝乖，让姐姐抱抱你。"老板把它抓回来，挠了挠它的下巴，小家伙舒服地眯起了眼睛。

接着老板趁着猫没注意，又往我怀里一塞。

我还没碰到猫，就被挠了一爪子……

行，小家伙不喜欢我。

手背被挠出了红痕，老板非常过意不去，要给我上药膏，还安慰我："它打过疫苗的，你别怕。"

老实说这点痕迹我估计出门就好了（猫没用力都没出血），他坚持要给我拿药膏，我也没办法，然后他找药就找了十几分钟，最后差点误机。

我回去之后他又给我发信息，问我伤口怎么样。

我说都愈合了。

他笑着给我发语音："还好我刚刚给它剪过指甲，不然真挠出血我都不知道要怎么办了。"

我坐在地铁上把他的语音来回听了三遍。

我拍了我手的照片发给他，说："没关系我皮厚，它叫至尊宝吗？那它的紫霞呢？"

"它还没等到它的紫霞吧。"他说，"我还没给它找女朋友。"

"几岁了？还不找吗？"

"它的主人都没找，它急什么。"

我听到这句话，真的不夸张地说，心跳都停了。这可是从他口中说出的，他单身的事实。

2019-01-26

天哪！怎么突然涨了这么多粉丝？

2019-01-26

营销号把我的微博整理成了合集？还转发量过万了？

怎么能不经过人家的同意，就搬运人家的东西啊！

会掉马甲的！

我服了。

别再关注我了……我也不是营销号，内容你们说是编的就是编的吧。

2019-01-26

我换了个 ID，希望不要掉马甲，希望他不玩微博。

非常庆幸自己从头到尾没有说过他的名字。

本来想清空微博的，但是舍不得。

这微博全是关于他的点点滴滴。

2019-01-28

最后一周啦，马上就放假过年了。

全公司大概就我最舍不得放假了吧。

今天我们部门聚餐了，部长说要邀请他。

我一整天都心神不宁，暗暗期盼着他来，又害怕他来。

我现在已经丧失了看他眼睛的勇气。

2019-01-28

他没有来。

同事说一般他都不会来的。

公司那么多部门，来了我们部门的聚餐，别的部门的聚餐也都得要去了，他没有那么多时间，干脆就都不来了。

2019-01-28

晕！他们又把我们聚餐的照片发大群了。

也不修图，我又是一副刚睡醒的样子，还有一张是在吃东西的样子，嘴里塞满了东西。

2019-01-28

他又把我的丑照单独截出来私发给我了，这个人是不是有什么癖好?

我试图回击,但是我手机里存的他的照片都很帅,他是属于那种别人拍他都很好看、自拍就很迷的人。

我发了一张他之前发过的自拍,配上了字发过去给他。

那是他在东京跨年的时候,和他朋友一起自拍的照片,他因为站在最前面,而且扬着下巴,所以显得脸很大。

他先是"哈哈哈哈哈哈哈哈哈哈"了一串过来,然后才问:你怎么有这张照片?

我没想太多,就回了:在你朋友圈拿的呀。

他说:我不是发了第二天就删了吗?你存了?

我当时就被吓得不轻,马上去他朋友圈看了一眼,他果然已经把这张照片删了。

不夸张地说,我冷汗都流下来了,我要怎么才能解释得清"我私存了老板照片"这件事啊?我的暗恋是不是被发现了?

其实开玩笑说觉得丑所以留下来笑话他就行了,但是我没转过弯来,好半天都没想好要怎么回答。

然后他又发来一句"遛至尊宝去咯",就轻飘飘地带过了这个话题。

还发了一张照片过来。

照片里的至尊宝戴着链子,乖乖地蹲在他脚边。

这个人的腿是真的长,这样的拍摄角度都没觉得腿短,厉害。

2019-01-28

你们不要吓我吧。

其实我也在想,他是故意的吧?

如果他已经发现我喜欢他了,按照他的性格,如果他不喜欢我,绝对不会再和我私聊一句话的。

反之亦然，如果他喜欢我，又知道我喜欢他的话，应该会有所行动吧？嗯，应该不可能。

要不是故意的，就是随口一说。

应该就是随口一说吧。

唉，聚餐真的贼无聊，想溜。

2019-01-28

刚刚同事想灌我酒，被我黑着脸拒绝了，他还美其名曰："工作之后都要喝酒的，现在哥哥只是给你上上课。"我真是谢谢您咧。

一开始我们部长帮我挡开了，后来大家都喝得差不多了，他就很粗暴地把酒杯往我身上推了，我的羊毛衫都被他酒杯里的酒泼湿了。

真的让人很生气。

2019-01-28

我就知道又会有人来批评我，说我不懂人情世故。

不是啊，我部长举杯的时候我跟着喝了，一开始和同事们碰杯我都喝了几口的，大家也都说小冉别喝太多，而且一开始喝的是红酒，后来那个同事灌酒就换成了白的。

而且这个同事是有前科的，他可"奇葩"了。

之前我们部门有个项目，是他跟着去考察开会的，然后回来之后跟我们说客户需求，当时是我根据他的口述和他的开会记录来整理材料，挺乱的，我加班到凌晨一点钟才整理出来。

第二天给他过目，他也检查了蛮久，然后才让我发给别的同事做企划书，再分发给别的部门协同。

然后我们几个部门加班弄了两个礼拜，最后拿去给客户的时候，客户非常非常不满意，总之就是信息不对称了，好几个他们提过的重点我们都没做到位。

我们部长追根溯源，发现问题出在我最初整理的材料上。

我当时心都凉了。

然后老板开会问我们怎么回事，我那个同事，直接把所有的问题全都推我头上了，说是我整理材料的时候粗心大意，把重点漏了。

当时是几个部门一起开会，几十号人全都回过头来看我，很多人眼里都带着责备和埋怨，因为如果不是这个小问题，他们不会出那么大的纰漏。

我立刻就喉咙发紧眼睛发疼了，这是我要流眼泪的迹象。但是我一点都不想哭，虽然很委屈，但是工作是工作，该解释就解释该挽救就挽救，哭是最没用的表现。

我想开口却发现自己根本没法解释。

他根本没有给我留任何余地，我怎么说都像是推卸责任，而且也没有人能给我证明是他说漏了。

真的非常难受，这跟迟到早退被点名不一样，那时被点名只是丢脸是工作态度有问题，现在是工作能力有问题，而且还给公司造成了损失。

整个会议室寂静无声，那个同事压根儿没有一点羞愧，还在说我是实习生没有经验，所以犯了这种低级错误。

然后老板冷冷地开口说："你也知道她是实习生，把这个东西交给她写的时候没有考虑过这点吗？她写完之后你没有检查吗？检查没有发现问题吗？项目是从你这开始，你就有责任跟到尾，你也好意思说这是低级错误，如果我是你，宁愿把过错自己扛，也不好意思说自己是把东西丢给实习生导致出了错。"

声音真的很冷，我听出来他是生气了，我其实挺害怕挺难过的，虽然他是在帮我说话，但隐隐也有在质疑我的工作能力（就是他也认为是我的失误，但他把这个失误归咎到那个同事身上了）。

当时更想哭了。

觉得自己有那么差劲吗。

当时他这么说之后，那个同事脸都黑了。

后边开会还说了什么，我其实都没太听进去，我整个人恍恍惚惚地沉浸在自己的悲伤中了。

2019-01-28

评论有毒吧，这也说甜？

什么叫"即便知道是你的失误，我也不会责备你"？

他完全只是在做一个管理者该做的事情呀。

开完会之后，我实在是忍不住，就跑到天台去了。

谁知道还没来得及哭，他就跟上来了。

他说他去我们部门找我，没看到我，估计我会跑到天台偷偷哭，就上来看看我。

我？？？

然后他就歪着脑袋看我，看得很仔细那种，还嘀咕说："没哭呀，那我手帕白带了不是？"

我都被他盯得快害羞了，又被他的语气逗笑了，我说没什么好哭的。

我很想跟他说不是我的失误，可是我说不出口。

我们俩对视了一下，他突然伸手按了按我的脑袋，蛮温柔地说："我知道是他的失误，只是我没证据不能那么说他，别委屈了。"

我瞬间觉得自己炸成了烟花。

2019-01-28

没有后续啦，他那么说之后我很感动，"谢谢"两字还没说出口他就打了个喷嚏，说好冷要下去了。

然后我们俩就回去上班了。

楼顶真的冷啊。

反正最后还是老板出面和他们详谈，才努力挽回了客户，听说陪着喝了两天酒。

还有传言说他喝到胃出血了。

我们部长内疚得要死，本来还计划一个部门一起去医院探望他的，他说医生让静养我们就没去。

我问他怎么样了，他说：死不了。

哈哈哈哈（心疼）。

好想见他哦……

2019-02-01

明天就放假了。

其实今天公司已经没什么人了，很多外地同事都提前回家了。

我逛某宝买年货的时候，它给我推荐了一件猫咪穿的舞狮衣服，很喜庆的红色，毛茸茸的。

虽然不知道为什么给我推荐了这个，但是真的好可爱。

2019-02-01

回应热评 1 "某宝只会推荐搜索过的东西"：我真的没有搜过！

回应热评 2 "该找个什么理由送给他呢"：我没有想要送给他！

2019-02-01

好吧，我下单了。

刚刚发图给他了，他说：可爱。又问我：你养猫了？

我说：没有。

他说：买给至尊宝吗？

我说：地址给我。

他就给我了。哈哈哈哈。

2019-02-01

妈呀，下午他来公司了。

我不知道！我当时在厕所，他给我发信息问"人呢"，我还睁着眼睛说瞎话，说自己在办公，他就发了一张我空荡荡的办公桌的照片给我。

我！！！

提上裤子出去的时候他已经走了，桌上只有一杯奶茶。（虽然办公室每人都有一杯，但是我还是觉得好开心哦。）

可惜就是年前的最后一次见他的机会没了，唉。

2019-02-02

放假啦。

2019-02-04

老板给我群发了新年快乐。

别问我为什么知道的，他们在群里吐槽了，说老板群发也不多发两个字（生气）。

2019-02-08

我以为我上班之前都不会再上这个号了，唉。

今天回外婆家吃饭，表姐也在，然后在饭桌上，外婆就问我们这一圈小的有没有对象，问是不是就我没有，结果我妈突然说我最近在谈恋爱。

我整个人都跳起来了，直接再三否认。

我妈就笑，说："那没恋爱也肯定有喜欢的人了，我感觉得到，我是你妈欸，你尾巴一翘我就知道你怎么了。"

我当时觉得自己瞬间就参毛了，慌张得不行。

因为我妈在说我谈恋爱的时候，表姐就立刻抬头看我了，她说我有喜欢的人之后，表姐的表情都变了。

然后她马上接着问我："你喜欢他啦？"

我太紧张了，下意识就摇头否认说不是！

然后我表姐笑了一下，用关爱智障的眼神看着我，说："我还没说是谁呢，你否认的又是哪一位？"

我直接 game over。

我还是太嫩了啊……

2019-02-09

刚刚睡觉前表姐来我房间了，然后就和她一直聊到了这个点。

其实饭桌上的时候，我一直都在躲避她的眼神，我也不知道我为什么心虚，虽然他们现在不是情侣，但我就是觉得喜欢上姐姐的前任是不可以的。

然后她进门就问我和他到哪一步了。

我都快哭了，一开始还在嘴硬说不是他，最后表姐说没关系的她现在已经不喜欢他了，我才虚弱地说是单恋。

然后她和我说了他们之间的故事。

他们俩是大学在一起的，我可以想象那种郎才女貌（我表姐很漂亮还是学霸），然后大三的时候表姐获得了一个留学深造的机会，她很想去，当时他问我表姐"去了之后，还会回来吗"。

我表姐很老实地说"不一定"。

然后他就提了分手。

我很震惊，这就分手了？理由是什么？

"理由是，他说他不想阻止我追求梦想，在他看来，他不是挽留我的原因，也不能成为让我回来的动力，那就说明我并没有那么喜欢他，所以就分开了。"

我的妈耶，这个人也未免太理智了吧。

这么一看，我和他的可能性更低了呢。

2019-02-09

我不难过，我心态超好。

2019-02-09

我失眠了！

2019-02-10

心态又爆炸了。

今天不是快递复运了吗，然后我年前买的小狮子衣服发货了，下午就到他家。他给至尊宝穿了，然后拍照发给我了，跟我说超可爱，还说谢谢我。

我本来收到他的信息很开心的，但是点开大图我就想哭了。

图里抱着至尊宝的人，不是他，是一个女孩子的手，非常明显，还做了美甲，照片的背景也很显然不是他家。

哇，我真的贼难受，都不想活了。

2019-02-10

我们明天就上班了，我不想去。

跟我表姐说，让她跟老板说一声能不能直接给我盖章（实习报告上要盖章）。她去问了，然后发了聊天截图给我。

表姐：冉说不想去上班了，你能不能给她盖章？

老板：为什么不想上班？

表姐：你是她老板，你都不知道，我咋知道呢。

老板：？

表姐：你是不是性骚扰她了你说。

老板：？？？

我：啊！！！表姐你在说什么！！！

表姐：哈哈。

果不其然老板来私聊我了，问我：过完年不来了？

要我亲口对他说出"不去"两个字太难了。

我没有回复他，过了一会儿他又问：我们公司不好吗？

我说不是，公司很好，是我的个人原因。

他：你不做满三个月是不能给你盖章的哦。

还发了一个很可爱的表情包过来，还说：我们公司不造假的哦。

是想气哭我吧？

我当时也不知道怎么回事，突然就脑袋一抽，厚着脸皮发了一句"这么不希望我走吗"过去。

发完我马上就后悔了想撤回，但是他那边显示是"正在输入……"，他显然已经看到了，我再撤回就更奇怪了。

他回了一句：当然不希望啊。

我心跳得贼快，脸都在发烫了，我问为什么，结果你们知道他怎么回的吗？他说：毕竟公司真的很难招到你们这个专业的人。

我微笑。

告辞。

2019-02-11

还是来上班了。

昨晚我表姐开导了我很久，说我这个专业择业困难，难得遇到这么合适的公司，不占着这个坑，以后就很难遇到了，而且这个公司确实福利待遇、发展前景都很不错。

被现实击垮。

今天早上开会，老板还发了红包，每人888元，还附带他亲手写的"新的一年继续加油！"。

他的字好好看哦。

2019-02-12

他今天发朋友圈了，说：怎么确定自己是不是有心上人了？

我看到我表姐回复：当你问出这句话的时候，就已经是上心了。

我爆哭。

2019-02-13

这个班上得真累人。

每天要刻意避开老板，还要忍受恶心的同事。

就上次那个给我甩锅的同事，一天到晚针对我，阴阳怪气烦死人了。

他们今天休息的时候在群里闲聊，有个妹子吐槽工作太累了想辞职去旅游，但是没有钱，然后那个同事就说：不想上班找个男人就行，不过你可能有点老了，你看像小王，这么嫩还是大学生，一般老板都喜欢这种类型。

还配了一个奸笑的表情。

突然被 cue 的我：？

我说那怎么我们老板不喜欢我?

他:很显然我们老板不是一般老板。

可气的是我根本无力辩驳!

就在这时!我们老板突然出现并说了一句"你们平时就聊这些",把我们所有人都吓得不轻。

因为老板虽然在群里,但是从来没说过话,而且这个群我们每天都能聊两三千条记录,我觉得他根本不会去看信息,谁知道……(捂脸)

我条件反射,眼疾手快地撤回了那句话,但是撤回又有什么用,他看都看到了。

2019-02-13

有人说我们老板已经发现我暗恋他了,其实我也一直在怀疑,可是我之前就说过,我觉得他是那种发现有女生喜欢他但是他没感觉的时候,一定会避嫌的那种人。

我到现在都没觉得他有在躲我。

2019-02-13

他今晚的朋友圈有点东西:也算是提前体验了一把离婚争夺抚养权的艰难。

我没有回复"啊?",等了十分钟,他自己在下面回复了,说是前女友要把至尊宝抢回去。

我……还是忍不住私聊他问:为啥啊?

他回了一串语音给我,大致是说:至尊宝其实是她的猫,分手的时候她没带走,过年我回老家,本来是打算寄养在宠物医院的,结果宠物医院的店员认识她就告诉她了,然后她就跟我说可以把至尊宝放她那儿,我想着放她那儿肯定比放在宠物医院要好一点,就让她接走了,结果她现在不愿意还回来了。

至尊宝是他前女友的猫啊……难怪不喜欢我呢。

等一下！我恍然大悟！那天拍照的，是她前女友啊！

这段话的后面，还有一段简短的语音，他说："一定是你买的衣服太可爱了，她才不舍得还回来。"

声音无奈中透着一丝温柔，听得我心都酥了。

真不知道要拿这该死的男人怎么办才好！

接着我问他：那现在怎么办。

他连回我三条语音。

"不知道。"

"我不想再跟她接触了。"

"我朋友在跟她谈。"

怎么有一种，是在跟女朋友解释的感觉啊哈哈哈哈！

我好爽啊我！

2019-02-14

老板的猫要回来了。

我说要去撸猫，他让我去他家。

2019-02-14

我后知后觉才想起来，今天是情人节！！！

他居然让我去他家撸猫！！！

我出发了，哈哈哈哈哈！！！

2019-02-14

我回来了！

今天这一天也过得太美妙了吧，天哪，回来路上我真的感觉空气都是甜的（老板送我回来的）。

等我洗个澡上床再慢慢说。

2019-02-14

我回来了。

从哪儿开始说呢……嘿嘿。

我是下午四点多过去的（我觉得晚上去单身男性家不太好），本来还想早点的，结果午觉睡过头了。

我路上还买了一点零食和果盘过去。

他一个人在家，抱着至尊宝来开门，穿一身烟灰色的家居服，此人此猫，此情此景，都太美了，一时间我都不知道该从何夸起。

我望着他欲言又止，他望着我也欲言又止。

我：？

他：你穿黑色羊毛衫来撸猫？

我：啊？不好看？

他：好看。

我：你的猫对羊毛过敏？

他：不是……但是会粘毛。

我惊了：！！！怎么办！

他笑了一下（特别温柔那种）：一会儿我给你拿一件衣服套上就行。

他还给我拿了拖鞋，还说是中午特意去超市给我买的，粉红色的，毛茸茸的，好可爱（我上次来的时候没换鞋）。

让我疯的是……他真拿了他的衬衣给我穿！！！

我以为他在开玩笑的！他说至尊宝掉毛真的很严重，不套上他的衣服我的毛衣就报废了。

可以想象我有多兴奋多害羞吗？

他的衣服上全是他的味道，这谁扛得住啊。

然后他还让我喂至尊宝吃东西，教我撸猫，教的时候还碰到我的手了（害羞）。

真的是第一次和他靠这么近，他身上是我魂牵梦绕的香味，我都快陶醉死了。

猫和我们玩腻了就去睡觉了，他就提议看电影，于是我们就一边吃水果零食，一边看电影。

看的是《大话西游》，这部电影从此在我心里有了特殊的意义。

紫霞好美啊。

紫霞下坠的时候我哭了，他给我递了纸巾，还摸了摸我的头。

这是我这辈子过得最甜的一个情人节。

2019-02-14

我没有表白啊，这么美好的时刻，为什么要表白破坏呢。

我觉得他对我的感觉，更倾向于有好感吧，还没到有多喜欢的地步。

2019-02-16

他出差了，听说是一个长差，大概是半个月。

可能我走了他都没回来。

他不在公司我上班多无聊啊。

2019-02-26

今天离职了。

他没回来，委屈。

2019-02-26

他给我发了信息！！！

"恭喜小朋友实习期圆满结束，祝你前程似锦，顺顺利利。"

很官方，但是我很开心。

他还说等他回来请我吃饭的。

2019-02-27

震惊！公司的所有群都把我移出群聊了……

一大早发现这个真是欲哭无泪。

2019-02-27

去问了同事，他们说是老板让他们把我移出的。

我？

我去质问他，他这样说：你和我签合同我就把你拉回来。

真的好想回一句"你和我搞对象我就签！"。

不敢（捂脸）。

喜欢一个人真的是太苦涩了。

2019-03-16

开心！！！

今天他给我发信息！问我："你是在Y市读书对吧？"

我迅速回了是。

他：来出差，一起吃个饭吧？

我：当然吃啦！

天哪，我终于能见到他了，我真的好想他啊。

这半个月内，我和他说的话屈指可数，他真的太忙了，给他发的信息，他都是晚上十一二点才回复，他一天下来唯一有时间就是睡前这一小会儿，聊不上几句，他就会睡着了。

2019-03-16

你们不要再打击我了，他是真的忙，不是故意不理我。

我在他公司待过的，开年这段时间的业务量基本上就决定了公司这一年的营业额，所以他忙是很正常的。

我今天的任务，就是把自己打扮得漂漂亮亮的去见他。

2019-03-16

见鬼，找衣服都找了快一个小时。

2019-03-16

见鬼，挑眼影盘都挑了半个小时。

2019-03-16

他说他还在应酬，会晚点，让我先吃饭不用等他。

行吧。

2019-03-16

八点钟他给我发信息，说：喝得有点多了，还见吗？

还见吗？你说呢？爬都得爬着来见我。

2019-03-16

实时汇报：我们在夜宵摊碰头了。

他已经喝得不清不楚了，哈哈哈哈。

2019-03-16

别的男生喝醉了的样子都好丑（我们班男生喝多了都是脸红脖子粗，大声嚷嚷的），他没有，就是眼睛有点红，看起来好像被谁欺负了似的，让人好想蹂躏啊。

而且他刚从饭局出来，还穿着西装，帅惨了。

我们俩在夜宵摊只点了一锅粥，哈哈哈。

他在慢慢喝粥解酒。

喝粥的样子都那么帅，我真幸福。

2019-03-16

我们只坐了一会儿，随意聊了聊，因为是在江边，风比较大，他说他头好晕啊，我就送他回酒店了。

2019-03-16

大家不要激动，不要突然飙车，我害怕。而且他都醉了，我还能对他做什么啊。

他在出租车上脱了外套，白衬衣很招人，可惜他从头到尾都是靠着车窗打瞌睡，我想和他肩碰肩都不行。

下车的时候我抱着他的西装外套，伸手拉着他的手腕叫他下车，他很乖地跟着我下了车，也没甩开我的手，我就顺势牵了他。

嘿嘿嘿。

我就知道他的手会很好牵，他的手很好看，修长，骨骼分明，如果是十指紧扣应该也会很舒服。

然后我因为太陶醉了，忘记付钱，被出租车司机叫了好几声。

2019-03-16

我把他送到了门口，还想进去给他倒水喝什么的，结果他在门口就把我拦住了，只摸了摸我的头，说："谢谢你送我回来。"

我说不客气。

他说晚安，然后就把门关上了。

我？

我抱着他的外套站在门口不知所措。

2019-03-16

我先回学校了，带着他的衣服。

2019-03-17

他今天中午酒醒过来，醒来就打电话问我：昨晚我们见面了吗？

哈哈哈哈哈哈真的是醉得不轻了。

我骗他：没有！你放了我的鸽子！哼！

他：奇了怪了，那我外套哪里去了？

我看了看我床头的他的外套，脸都红了。

我只能承认：好吧，昨晚我们见面了，你衣服在我这儿呢。

他：啊？为什么我的衣服在你那儿？

我：你说呢？

他：？！

我感受到他的惊慌了，哈哈哈哈。

我继续骗他：昨晚你这样那样的，我有什么办法。

他：我怎么你了？

我：别问了，我怎么好意思说！

他开始不依不饶：到底是怎么你了？

这叫我怎么回答！

我：你跟我表白了，还亲了我，让我做你女朋友。

他那边好一会儿都没回复，我紧张死了，刚想说自己开玩笑的，就收到他发过来的话：那好，我知道了。

我：你知道什么了？

他：知道你在瞎扯。

我发了一个满脸问号的表情包过去。

他：你觉得我可能跟你表白吗？

我：打扰了。

我真实地哭泣了，他怎么这么直接啊！开个玩笑而已！有必要这么冷冰冰吗？！

2019-03-17

我都不想理他了，他又给我发信息约我晚上出来吃饭。

吃他个头啊。

2019-03-17

好吧，我现在换衣服准备出门了。

不想让他知道我生气了，不想表现得太小气。

暗恋真苦。

2019-03-17

他特意来我们学校接我了！！！还开的宝马，我决定原谅他了哈哈哈哈哈哈。

我，就是一个这么虚荣的女人。

他还下车来帮我开车门，我坐上去之后，他关了车门，手肘支在车窗边沿问我：想吃什么？

这个角度真的无敌了，给了我少女心致命的一击，我感觉我脸都红了。

唉。

2019-03-17

他带我去吃的日本料理。

这家日本料理店是全城最高级的日本料理店，店老板是日本人，他妻子是中国人，所以两人合开了这家料理店，店开在郊区，店内装潢非常日式，传闻进去吃东西要换和服的，好多网红都去打卡拍照过。

我没去过，因为穷。

开心，今天也能拍照发朋友圈了！

2019-03-17

他不让我换和服！！！

我哭了，他说很多人穿过的，脏，还说我身上这套衣服就挺好的，为什么要换。

就当他在夸我吧，哼。

2019-03-17

也太好吃了吧（不是广告）！

真是我这辈子吃过的最好吃的日料。

他看我吃得这么陶醉，又笑我，还说以后带我去日本吃更好吃的。

我？

你真的要带我去日本吗？

我们还喝了一点清酒，也挺好喝的，还有梅子酒，甜甜的。

2019-03-17

刚刚有人给他打电话，感觉不是工作上的事，因为他接电话的状态很轻松，那边不知道说了什么，他笑了一下，说："我就不去了，你们玩吧，我和朋友在一起呢。"

应该是他的朋友约他吧，他看了我一眼，又说："不了，一个小朋友，不想带过去……行，我有空就过去。"

他又敷衍了好几句才挂掉电话。

"你有事？"我问他。

"没事。"他说，"几个朋友叫我过去喝酒。"

我"哦"了一声，不知道要说啥了。

不过就算什么都不说，我就这样一边吃东西一边偷看他，都很满足了。

2019-03-17

看着看着，他突然抬头，歪着脑袋问我："好看吗？"

我："……"

真烦，那当然好看啦，你自己不知道吗？

2019-03-17

就算吃得再慢，这餐饭也总会有吃完的时候，吃完之后就没有借口再和他待在一块了。

他送我回了学校。

我问他什么时候走，他反问我："怎么，你要送我吗？"

我欣然应允："好啊！"

他笑了，还挺无奈的那种："去机场很远的，你又没有车，怎么送？"

我："共享汽车啊，你没听说过吗？"

他："哦。"

哈哈哈哈真可爱。

2019-03-17

他走了。

好空虚好寂寞好无聊。

好想他。

2019-03-17

也太可怕了吧，刚发完微博，他就给我发信息了，发了一张照片过来，一张酒吧里的桌子。

我：你还是去了嘛。

他：没办法，这群人来酒店堵我。

我：哈哈哈哈。

他：看这阵势，我不喝醉是不能走了，我一点钟的飞机呢。

我：今晚吗？

他：嗯，明天早上有个供销商要见，所以今晚得走。

我：那你喝多了怎么走啊？

他：叫个车吧，但我估计喝到后头会忘记，你能不能来接我？

我立刻就从床上跳下去了，心跳得飞快，迅速打字问他：在哪儿？几点？

他：深水，十一点半能到吗？

我：能，你等我。

他：嗯。

我刚卸了妆，现在又爬起来化妆，舍友洗完澡出来看到我又在弄，很惊奇："你又要出去？这么晚了还出去？"

我："嘿嘿，我要去接我的公主。"

"天哪，连你都要有性生活了吗？"

我："……"

2019-03-17

我真的是太心急了，怕迟到提前出门了，结果一路上都是绿灯（可能这就是去见喜欢的人的心情吧），就提前到了。

也没多久，也就提前了半小时。

我等了十分钟，他给我发信息，问我出发没有。

我说我到了。

他惊了：到了？在哪儿？

我：就在酒吧门口，你一出来就能看得到我，我的共享小汽车在一众豪车当中格外醒目。

他：哈哈哈哈哈哈。

他："我马上出来，你等我。"

偏偏这句话发的是语音，真要命。

2019-03-17

刚刚一直在开车没来得及发微博。

然后就是，我，脱单了！哈哈哈哈哈哈。

等会儿，我现在先开车回学校，到了再发微博，他特意嘱咐我让我先回学校的，不能玩手机。

2019-03-18

我回来了！谢谢大家！

呜呜呜，我也很意外，刚刚高兴得都哭了。

我接着说。

收到他的语音之后，我就盯着酒吧门口看，三分钟之后，他出现在了酒吧门口，并且很快就看到了我的共享汽车。

他立刻就笑了。

我把车开到他面前，他还扶着车门笑了好一会儿。我问他有什么好笑的，他说我的车太可爱了。

共享汽车不就是这样的咯？我说难道你没坐过吗？

他说确实没有，这是第一次。

我："那真是委屈你了。"

他："不委屈，有人来接我，高兴都来不及。"

　　我给他开门，车太小了，他进去的时候还撞了一下头，把我心疼死了。

　　不过他喝多了，好像也不知道疼，撞到了还一直笑，仿佛被点了笑穴。

　　我让他别笑了，把安全带系上，他低头，找半天找不到口，然后委屈巴巴地抬头看我："扣不上，这破车！"

　　哎哟喂，可爱死了。

　　而且我好坏，我趁着他喝醉，手把手帮他系好了安全带哈哈哈。

　　他的手真暖。

　　扣完安全带之后，他瞄了我一眼，问："你摸我干吗？"

　　我这不是以为你没感觉吗？被撞都不疼，摸你两下你还感觉到了啊？

　　然后我老老实实做起了司机，因为怕耽误他登机，所以开得挺着急的，红灯停下的时候，他突然伸手握住了我握着方向盘的右手，说："不着急，时间很充裕。"

　　我惊了。

　　他握我手欸，这可跟我摸他不一样，这是他主动的！

　　我说我怕他赶不上飞机，他说赶不上就算了，别开那么快。

　　"这小破车走得挺费劲的，颠得我难受。"

　　我估计后半句话才是重点。

　　我后来慢慢开了，真的很慢，都被后边无数人超车按喇叭那种，但即便我开得再慢，还是很快就到机场了。

　　我真的好奇怪哦，怎么一下子就到机场了啊，机场不是很远吗？

　　可能就是单纯地和他相处的时候，时间会过得特别快吧。

　　我把车停在入口跟他说到了，他说他不舒服，让我把车开到停车场，他想吐。

我吓死了，连忙给他抽纸让他忍住，吐在车上的话要扣钱的。

他笑得不行，我看他笑更紧张了，生怕他笑着笑着就吐了。

然后我就把车开到了停车场，帮他解安全带的时候，那个扣还卡了一下弄不出来，他也低头来弄，我不知道，一抬头额头就撞到了他的鼻子。

很重的一下，估计挺疼的，他捂着鼻子都没声了。

我问他疼不疼，让他拿开手给我看看，他很乖地拿开了，我凑过去看的时候，他突然就亲了我一下。

我直接就蒙圈了。

他又问我："我昨天是这样亲你的吗？"

我虽然蒙了，但是反应非常快，真的是我这辈子最机智的一次了。

我说："不是，你昨天亲得很深入哦。"

然后他就轻笑了一下，偏头亲了下来。

这次是非常、非常、非常深入的一个吻。

亲了很久，他才松开我，还笑我说："你心跳得很快哦。"

我一下子眼泪就涌出来了，我也不知道我为啥哭，我也知道很破坏气氛，但是当时根本忍不住，他被我的眼泪吓了一跳，好几秒钟都没反应。

我真怕把他吓得酒醒。

"为什么哭？"他问我，"你不喜欢我亲你吗？"

"没有。"我连忙说，"你还没有表白。"

他："嗯，我喜欢你，晓冉冉。"

2019-03-18

我到现在都还心跳得飞快。

送他进机场的时候，我很担心他晕乎乎的找不到口，他以为我是舍不得他，问我是不是不想让他走。

　　我："你赶紧进去！一会儿广播叫你了。"

　　他："……你真可爱。"

　　哈哈哈哈。

　　我也很担心他是不是只是因为喝醉了，但是我不管，亲了就是亲了，酒醒了也要负责任的。

　　我好困了，我要睡觉了，睡之前给他发了一句："那我们大家立刻开始这段感情吧！"

　　模仿紫霞的声音。

　　不管了，睡觉了，大家晚安。

　　他也晚安。

2019-03-18

　　好开心啊！睡不着！

2019-03-18

　　睡了睡了这次真的睡了。

2019-03-18

　　他醒了，说要先开会，晚点说。

　　好紧张。

2019-03-18

　　他回我信息了！语音！

　　"这段姻缘是上天安排的嘛。"

　　我哭了，这个人真的是。

　　我真的很担心他昨晚说的是醉话，怕他今早不记得，还准备了一大堆话要赖上他呢，结果他直接这句话了，呜呜呜，我爱死他了。

他给我解释了好多，说他很早就对我有好感了，只是他觉得自己比我大太多，怕不合适，也怕我只是小姑娘心血来潮，稍纵即逝的迷恋。

我很坦然地说我就是的啊。

他：……

2019-03-18

我疯了，原来他早就知道我这个微博了！就是那会儿营销号转的那次，他在首页刷到了，看了一点之后发现很熟悉，就摸了进来，然后确定了是我。

原来我的暗恋一直都被暗恋对象窥视着。

该死的营销号呜呜呜。

2019-03-18

不过他说自己一开始没怎么看过我的微博，以为只是吐槽工作而已，他很少刷微博，后来对我有好感之后才去看的我微博，然后才发现我也喜欢他。

呜呜呜，这种感觉好奇妙啊。

2019-03-18

无语，他给我发了一份合同让我签字明天快递回去。

这个人，难道只是想留我在他公司，所以才委身于我？

2019-03-18

被骂了，他不许我在微博吐槽他。

2019-03-19

想他。

2019-03-20

想他。

2019-03-21

想他。

2019-03-22

今天也是想男朋友的一天。

2019-03-23

哈哈哈哈哈哈，他因为受不了我在微博说想他，所以偷偷来我们学校找我了。

我真的是太喜欢他了。

2019-03-24

哦，他只是过来拿合同的。

2019-03-24

拿合同顺便请我吃饭，顺便牵我的手，顺便亲我。

那也算合格的男朋友吧。

2019-03-25

男朋友走了，想他。

2019-03-26

男朋友走后的第一天，想他。

2019-03-27

男朋友走后的第二天，想他。

2019-04-20

好久没上来了，最近忙毕业论文，好烦哦。

马上就毕业啦，就不用异地恋了嘻嘻。

2019-06-30

我毕业啦！

没想到还有那么多人还在等我更新，真对不起大家，我保证上岗之后好好撒狗粮！

办公室（地下）恋情，冲啊！

2019-06-30

我要笑死了，他来接我了，没告诉我，但是我爸妈也来了，他现在一路跟车在我们家的车后边。

在服务站，我买了水给他，他委屈得要死。

2019-06-30

救命……我刚刚一回车上，我妈就说："你过去坐呗。"

我爸："小伙跟了一路怪可怜的。"

我马上撇清关系："我不认识他！"

我妈："你不认识他，半小时回八百次头呢？"

我：……

然后我就被赶到他车上了。

他笑得不行。

2019-06-30

呜呜呜至尊宝还记得我呢，开心。

今天和他亲亲了，开心。

好喜欢他身上的香味哦。

2019-07-01

上班了！同事们还给我买了蛋糕！我也终于回大群了！

2019-07-02

加班。

○ **2019-07-03**

加班。

○ **2019-07-04**

加班。

我到底为什么要回这个破公司？

还不能辞职，他说除非分手否则不能辞。

♡ 我真是亏大了……

♥♥♥ *Chapter 3* ♥♥♥

我 的 超 甜 CP

　　我望着眼前这张年轻帅气的面孔，内心仍然感到十分震惊，倒不是惊讶于他的颜值，而是他的年龄。

　　"你真的是'老婆你别送了'吗？"我小心翼翼地再问了一次。

　　对方看了我一眼，睫毛轻轻颤了颤："嗯。"

　　我们之间沉默了几秒，我突然又想起什么，于是小心翼翼地问他："你……成年了吗？成年了吧？"

　　他看了我一眼，轻轻点了点头。

　　我这才松了一口气。

　　然后就实在不知道说什么好了。

　　他把手边的饮料递过来："给你点了拿铁。"

　　手好白好嫩好修长。

　　"谢谢。"我忙不迭接过。

　　气氛真的是怪怪的。

　　"要不出去走走？"我提议，他又是一声"嗯"，我忍不住"扑哧"一声笑了，他被我突然的笑搞得有点愣怔。

"要不是游戏里和你连过麦，我多半会怀疑你是哑巴。"我笑着说，"嗯嗯嗯的。"

他这才终于开口："我不是。"

确认是我游戏里超可爱的宝藏 CP 无误了。

他起身和我一起出门，还主动帮我拿了拿铁。

他站起来我才发现，他高出我一大截。

现在的小孩营养都太好了吧。

出门的时候他还伸手帮我开门，让我有点点诧异。

现在的小孩都这么绅士吗？

"等很久了吗？"出去之后我问，"不好意思啊，路上有点塞车。"

他"嗯"了一声，隔了两秒才又开口："没事。"

室外很冷，他穿上了羽绒服，还把帽子也扣上了，更显得他那张白净的脸小小的。

"冷？"他问我。

"有点。"

"那为什么要出来？"他看起来很不解。

我被他问得哑口无言，没法跟他解释的我，看起来像个非要出来挨冻的智障。

他可能没注意到，刚刚我的第一句"你是我老公？"因为太诧异，声音大了一点，旁边的人一直望过来，弄得我很不自在。

我们在街上逛了一下，我又提议去看电影，他看了一眼手表，说："我六点半要回学校点名。"

"时间够的，看完电影还能去吃个饭。"

"嗯。"

我选了近期一个热门的电影，之前我看过了，不过他好像很感兴趣。

电影中途我睡着了，我发誓我不是故意的，只是这个电影我看过而且不是非常喜欢，就打了个盹，还被他发现了。

我感觉他碰了碰我的脸颊，很轻，我睁开眼就看到他那双眼睛，在黑暗中也很亮。

"你不喜欢？"他问我。

"没有，我看过了。"

"那走吧。"

"啊？看完再走吧？"我刚睡醒，迷迷糊糊的有点蒙。

他一言不发，抓着我的手腕往外就走。

下台阶的时候很黑我看不见路，就自然而然地牵住了他的手。

他的手真暖。

本来以为出了厅他就会放手，没想到他特别上道，出去之后还一直牵着。

稍微有点恋爱的感觉了，气氛也没那么尴尬了，找回了和他相处的那种甜甜的氛围。

路过娃娃机的时候他还给我夹了几个娃娃，超帅的，旁边还有小姑娘让他帮忙夹，他很冷漠地拒绝了。

真可爱。

"为什么不帮她们夹啊？"出来之后我故意问他。

他回答："这个机子到后面就不好夹了，前面能夹到是运气而已。"

行吧，这个回答也真是无懈可击呢。

"吃什么？"我问他。

"你想吃什么？"他偏头看着我问。

　　我发现这小孩说话的时候都会看着我说，很专注，搞得我有点难以招架，都有点不太敢和他对视，他的眼睛太亮了。

　　最后我们拿了一堆传单，站在商场里一张一张地研究，最终决定随机抽一张去吃。

　　他吃得好少，我很担心不合他的胃口，但是他说自己一直饭量都很小。我怎么感觉我读书那会男生都贼能吃的啊？

　　我问他："你吃这么少怎么长这么高的？"

　　他很认真地看着我说："喝牛奶，打篮球。"

　　唉，真的有点难沟通。

　　吃过饭之后我送他回学校，路上有点堵车，我怕他迟到，所以开得有些快，然后我放在卡槽上的奶茶洒了，他匆忙找纸给我擦，但是我车上的纸巾刚好用完了。

　　"包里有纸。"我开着车不好帮他拿，"你拿一下。"

　　他伸手去拿我的包，打开之后翻找了一下，找得有点久，我就瞄了一眼，然后突然想到我包里有一个私人物件不能让他看到，登时吓得汗毛都竖了起来。

　　"别翻！"我大吼一声，"放下我的包！"

　　但是已经迟了，我的小男朋友面无表情地从我包里翻出了一盒避孕套。

　　场面一时有些尴尬。

　　他盯着套子看了三秒。

　　我绞尽脑汁，想怎么圆过去，他已经默不作声地放了回去，重新找到纸巾，认真且仔细地帮我擦拭座椅。

　　真是一个见惯大场面的孩子。

我喜欢。

我太喜欢了!

到他学校门口的时候刚好是六点二十八分,我车刚停稳,他就飞快地打开了车门下车,风一样地跑进了学校。

门卫正在关门,他是在最后几秒的时候侧身从门缝里蹿进去的。

动作十分敏捷。

我目送他进了校门,启动车子刚要走,手机就响了起来,是他拨了语音通话。

"怎么了?"我接通电话回头去看,看到他还站在门旁边。

"先别走,过来一下。"

"嗯?"

"过来。"他说。

我停好车子走过去,他隔着门栏递了一个东西过来。

"什么?"我接过看了一眼,发现是他的校牌,上面写着他的名字班级,还有一张他的一寸照,他没有作声,我试探性地问,"这是要给我?"

他轻声"嗯"了一声,神情有些不自然。

"给了我,你没有校牌怎么办?"

"补办就好了。"

"那为什么要给我校牌?"我问。

"你拿着就好了。"他看了一眼手表,"我走了,你开车小心点。"

"哦。"

他看了看我,一副欲言又止的表情。

我不知道要说什么,想了想还是憋出了一句:"好好学习。"

他顿了顿，再次"嗯"了一声。

"我走了。"

"好。"

他说了好，但还是看着我，我总觉得他好像在期待什么，虽然他脸上没有任何表情。

我："我下周有空再来找你。"

他这才笑了一下，那笑非常不易察觉，并且一闪而逝，然后说了一声"好"才转身跑开。

我悲哀地发现，我此时此刻竟然有种送儿子去幼儿园的感觉。

"我们在星巴克见面的，他坐窗边，我进去的时候窗边就他一个人，我微信语音他，他看了一眼手机，然后抬头看我。"我一回到家，就发语音给闺密，跟她汇报我今天的奔现情况。

"然后你就被狙击了？"

"我被狙击了，被他身上的校服狙击了。"我挺崩溃的，"大概是因为他只有半天假，放学了直接来找我的，所以没有换校服。"

"哈哈哈哈哈哈哈？"闺密的笑声中充满了疑惑。

"超丢人的，我男朋友是高中生。"

"之前不是语音过吗？！"

"语音完全听不出来，他说过他在上学，我没想到他上的中学，一般不是都大学吗？高中生哪有那么会撩的。呜呜呜，而且他好安静哦，全程都是我在找话题聊。"

"哇，听描述就觉得是个乖弟弟。"闺密笑得很有内涵，"那你们最后，去开房了吗？"

"Hello？他是高中生啊，我哪里下得去手？"

"噗，没事，养两年就熟了，颜值 OK 就行。"

"唉。"

"高几啊？"

我看了一眼校牌，回答她："高三。"

"那都不用两年啊，忍忍姐妹，明年九月份就可以了。"

"滚啊。"

挂了语音之后，我打开百度，搜索他给我校牌是什么含义，一不小心就翻到了他们学校的贴吧。

这下可让我发现了新大陆了。

我给我的小男朋友发信息：原来在你们学校，校牌＝戒指啊？

他隔了好一会儿才回复我：在自习。

自习什么自习，明明是害羞了吧。

他们学校有个传统，情侣会互换校牌，送校牌也有表白的意思。

我：那你们学校抓早恋不是一抓一个准吗？一查校牌就行了。欸，那我是不是也要把我的工作牌给你啊？你今天怎么不说，我工作牌就在我车上啊。

他：下次拿给我。

好可爱啊，让我总忍不住想逗他。

我：我真的没有想到啊，我的男朋友，居然是学校的名人呢。

他：？

我把他们学校贴吧的页面截了图发过去，说：平均十个帖子里就会有一个关于你的，只要一有人说帅哥，下面就会出现你的照片哦。

我还都偷偷存了。

他：无聊。

我：我还摸到了你们学校的表白墙，发现好多人喜欢你哦。

他：你也好无聊，别看了，去做点别的事不行？

我：不行啊，我要全方位了解我男朋友嘛。

他：去打游戏去。

我：没有你带我我不玩。

他：九点四十五下晚自习，可以和你玩两把。

我：我知道我知道，玩一把就行，你要早点睡觉长个子哦。

他：……

我以前经常会缠着他打游戏，有时候他很困闭麦了，我都不让他下线，当然他也很迁就我，我什么时候要打他都会陪着。

现在知道他在读高中之后就一点也不忍心了，还觉得自己以前太任性了，我怎么能折磨一个高中生呢，他第二天还要上课呢！

我：欸，真的好多人跟你表白哦。

他：我看书了。

他发了一张笔记本的照片过来。

我：你的字真好看! 把我们的 ID 写上去呗。

他：不写。

我：写嘛，写的话给你看好东西哦。

他：? 不看!

我发了一张我泡的牛奶过去给他，说：看!

他：……

我仿佛听到了他的叹气声，就像很多次我们一起连麦打游戏的时候，他让我过去支援，我非要点掉路上的小兵才过去，然后我过去的时候他已经挂了，他又不敢怪我，只能轻轻地叹气。

我调侃他：你好像很失望哦？

他：才没有！

我：嘿嘿嘿，那你快看书吧，我洗漱去了。

他：好。

我洗完澡出来的时候，他还没下课，说班主任突然过来开班会，让我自己玩会儿。

我敷了片面膜，躺在沙发上玩着匹配等他，闺密突然给我发了一条微博链接过来，让我马上去看，我看了一眼，然后面膜都笑掉了。

那是一个奔现吐槽bot，有人匿名投稿，说自己和网恋女朋友奔现了，见面就从她包里翻出了避孕套，想问这正常吗，女朋友是不是把我当一夜情对象了，还是她就是这种，随身携带这个东西的人？

我笑得不行，跟闺密说："哎哟这不就是我的小男朋友投的稿吗？他今天就是从我包里翻出来的。"

我闺密："哈哈哈哈哈。"

我转手就把链接发给他看，他秒回了一个问号，发语音说："我下课了，现在在回寝室的路上。"

我问："这是不是你投的稿？"

他："你觉得有可能吗？"

"哈哈哈哈，我觉得就是你投的稿啊。"

"别闹。"

唉，每次他跟我说别闹的时候，我一点办法都没有，就算现在已经知道他还那么小，再听到这两个字，我还是瞬间服软。

"知道了，不是你投的。"

"真不是我。"他难得语气有些急，"我又不怎么玩微博。"

"我知道。"我用有点认真的语气说，"虽然知道不是你投的稿，但还要跟你解释一下，我没把你当一夜情对象，我也不是随身携带这个东西的人，这个是我闺密知道我谈恋爱了，送给我的，放我包里了，忘记拿出来了。"

他很冷漠地"嗯"了一声。

其实我撒谎了，我不是忘记拿出来了，我是故意放包里的，十小时之前，我根本没想到我男朋友我不能下嘴啊。

但我怕吓着他。

"进游戏。"他说。

"来了！"

游戏刚开始，我就听到他舍友在叫他："司成，来一起玩。"

他冷淡地回了一句："已经开了。"

他舍友哀号："你变了，你不爱我了。"

"他什么时候爱过你哦？"

"人家在和老婆开黑，你不要打扰人家。"

"你宁愿和你的小坑货开黑，也不要我们这四个省级选手？"

他："嗯。"

我怒了："我是小坑货？"

"你不是吗？"他反问，伴随着游戏里 Double Kill 的音效。

我一秒变狗腿："是，我是。"

要不是他游戏打得好，谁愿意和他网恋啊，话少得要命。

但是今晚他的状态不太好，打了两局都输了。

"你睡觉吧，都快十一点了。"我退出游戏之后跟他说。

"再打一局。"他说，"刚刚有老师查寝。"

"睡吧你，晚睡不长个哦。"

"我还不够高吗？都高你一个头了。"

"目标是高我一个半头。"

"哦。"

他听起来好像有点不太高兴了，但是我真不敢耽误祖国的花朵休息。

"睡吧晚安。"

"晚安老婆。"

我没有回他，很慌张地挂了电话。

得知我男朋友是高中生之后，再听他叫我老婆，总有点微妙的尴尬和别扭。

之后两天，他都没有跟我说过话，我也没有主动去找他。

"凉了呀。"闺密给我分析，"见光死，一定是你长得太丑了。"

我："……那我们那天晚上还打游戏了呢。"

"那不是连败了嘛，一定是你太丑了人家没心思跟你打游戏了。"

我哇的一声哭出来了。

我闺密问我："那你还想不想处呢？"

我纠结了一下。

我其实想和不想的心情是五五开的。

他不理我了，我一开始是松了一口气的感觉，毕竟他真的太小了，但时间越久，我就越有点惆怅，那毕竟是我网恋了几个月的男朋友，付出过感情，也是真心实意地喜欢过的人的。

"他年龄太小了。"我说。

"那除了年龄，别的配置呢？"闺密问我。

"别的。"我又不得不承认，"性格身高长相，都是顺着我喜欢的类型长的。"

"人家又不是不会长大。"闺密没好气地说，"我怎么觉得你是在炫耀呢？"

"那我会老啊。"

"怎么的，你还想和人家结婚啊？"

我："……"

"你刚开始网恋的时候，怎么不考虑那么多？"

说的也是。

"你不要的男朋友，可以拿到我这里来换铁盆。"闺密说，"赶紧把他微信推给我。"

我："呸！"

我转头去给我的小男朋友发信息，试图挽回这段感情，但是半小时过去了，他都没有回复我。

现在虽然是晚自习时间，但是有课间休息的，他没理由不回微信吧。

我又去 QQ 找他（他平时上 QQ 比较多，玩微信主要是配合我，他说他的微信加的都是亲戚），我好久没上 QQ 了，上去之后才发现他更新了个签，是"心猿意马"，是和我见面那天改的。

是对我吗？

是对我！肯定是对我！

我给他发了个问号。

他秒回了！

此时此刻我的心情，就好像踢了一小时终于进了一个球的球员，激动得摔下了沙发。

虽然他也只回了个问号。

我先发制人，问他：为什么好几天没理人？

他：……不是你不理人吗？

我很心虚地回复：是你没和我说话。

他：这两天发烧了。

我：啊！严重吗？

他：本来不严重，在校医那吊了两瓶药水结果搞得高烧不退，现在在市医院打吊针。

我：啊，现在还在吗？这么晚了。

他：嗯，还得打一个半小时，饿到虚脱。

我稍微有那么一点点心疼，便立刻提出了带夜宵过去给他。

他：我不能吃辛辣的，现在只能喝粥。

一点拒绝的意思都没有，是在期盼我去吗？

我勾着唇角，麻溜地换衣服化妆，叫好外卖奔过去了。

到医院的时候，外卖也刚刚到，我和外卖小哥在医院门口碰了头。提着袋子走进输液大厅的时候，一眼就看到了我那个在玩手机的小男朋友，他穿着黑色羽绒服，戴着口罩，整个人都呈现出一种病态的虚弱，看着真让人心疼。

我悄悄走过去，刚想拿手碰碰他的脸，他就有所察觉地抬起了头，看到我的时候，他的眼睛弯了一下。

"好点了吗？"我问。

他"嗯"了一声，隔了半秒又扯下口罩回答："头疼。"

"发烧都这样的，打完针睡一觉就好了。"我把手里的粥晃了晃，"现在要吃吗？"

他很乖地说了声"要"，又抬起打着针的手："没法吃。"

"我喂你？"

他又点点头："嗯。"

"一份小砂锅的粥，我喂了五口吧，他就说烫，不吃了，我都吹冷了还不吃，真的是金贵哦。"我趁着他去洗手间的时候给闺密发语音吐槽。

"然后呢？"闺密问。

"然后剩下的我都吃了。"

"哈哈哈哈哈哈。"

"而且他说还得打一小时，结果我过去之后，十分钟就打完了。"

"那很显然只是想骗你过去陪他啊。"闺密分析，"估计也不是真的饿吧。"

"哇，小小年纪心机这么重嘛？"我甜滋滋地说。

"你是在炫耀吧？"我闺密很生气地说，"你的心机男朋友为了见你，撒谎说自己饿了还要打吊针，我嫉妒了我吃柠檬了你满意了吧！"

我：？

我刚想发语音说我没有，司成就出来了，我只好收了手机。

"护士给我药了，一天三次，上面写了剂量。"我把袋子递给他，"要按时吃药哦。"

他看起来挺不好意思地说了声"谢谢"。

"送你回学校？"我问。

他偏开头咳嗽了两声，然后才说："我请假了，不用回学校。"

我以为他在暗示我什么，就小心翼翼地问了一声："那今晚，给你开个房？"

我的小男朋友登时非常怪异地看了我一眼，仿佛我是什么吃人的怪兽。

我说错了什么吗？

他："我……可以回家吗？"

我贼尴尬，有点手足无措地说："可以啊！可以可以！我只是以为你没地方去……"

这要怎么解释啊，他是不是以为我想对他怎么样啊？

"我不是那个意思，你还生着病我能对你做什么。"这么说好像更不对了，"我不是那种人。"

他表情更奇怪了。

我好无辜。

他家离这边也不远，开车十分钟就到了，我有点奇怪，那么近为什么他家人不陪他去打针，一问才知道他爸妈都不在家，说是出去打工了。

好惨一小孩，留守儿童。

"要上去坐坐吗？"他问我。

"你确定你要邀请我？"

"嗯。"

"今天就算了，你回去吃了药好好休息。"我也是真的对小孩没什么兴趣，"有事可以给我打电话。"

他顿了顿，"嗯"了一声："今晚谢谢你了。"

"这么客气哦？"

我逗他："亲我一口？"

他愣了一下，定定地看了我几秒，然后忽然探身，从副驾上侧过身子亲我一口，就亲在下巴上，一触即放。

我都呆了。

我发誓我只是随口一说逗他一下，结果他直接越塔强杀，拿下第一滴血。

然后他盯着我的眼睛说："周末见。"

我有些没反应过来："周末见。"

他飞快地下车上楼了。

我以为我对他没感觉的，但是被亲的时候，还是有点酥酥麻麻的，心跳得还有点快。

到家之后又收到他发来的信息，问我到家没有。

"到了，你赶紧洗澡睡觉吧，记得吃药。"我给他回语音说。

他给我回了个"嗯"，也是语音，然后说："你忘了把你的工作牌给我。"

"忘了，下次吧。"

其实工作牌就在车上，我怕他看到，还刻意在到医院之前藏起来了，总觉得交换这个东西有点幼稚。

这么一想，其实之前我们网恋的时候，都有些端倪的，只是我刻意忽略了。换情侣头像，换 ID，游戏里有人打我，他会立刻过来报仇，有队友骂我，他会立刻反驳，我如果拉别的男生和我们三排，他会打完一局立刻吃醋下线。

我那会儿也觉得他幼稚，但那会儿是觉得他幼稚得有点可爱，所以完全不介意。

而且我其实根本不想奔现的，但是他平时朋友圈发的那些照片，看起来就非常帅气成熟，比如说周末去遛狗，和朋友打保龄球、网球，有时候在健身房，露出来的衣饰都很不一般（不是网图）。

更多时候我和他聊天，完全不会觉得他幼稚，他会给我推荐文学作品，偏冷门但是很好看的电影，我过生日他还给我送《万物运转的秘密》。平时我跟他抱怨工作上的事，他会认真听完，有时候会说"什么破工作，换了算了"，有时候又会说"宝贝我觉得这件事你可能做得也有不到位的地方，但是你们主管真的很过分了"。

这种人你会觉得他是高中生吗？

我和他的第一次交集是我和队友互喷。

具体我不太记得了，他后来提起我才想到，好像是匹配到的，我单排，因为队友太菜（实际上是我太菜），开语音骂我，我忍受不了，也开了语音骂回去。

为了不被举报我游戏骂人，我全程用的英语，骂到队友问我是不是外国人。

他听完了全程，所以对我和我的 ID 印象深刻。

后来我们战队招募，他就带着他的王者五十星直接进来了，当时我们战队群里载歌载舞，气氛宛如过年。

我们群里的人都太菜了，战队名字就叫全网最菜战队，他进来之后，大家纷纷表示很疑惑他为什么会进我们这个战队，毕竟大家的战绩都稀巴烂。

他说了四个字，不对，是四个英文字母：CPDD。

简直把我们笑死。

我是第一个回复他说 DD 的，他直接说：好的，我是你的了。

我们都以为他是在开玩笑的，但是那之后，他就好像真的把我当CP 了，加了我的好友，在游戏里把和我的人物关系改成情侣，只有在我说话的时候，他才会出现在群里说话。

还给我送了很多皮肤。

我本来只是会买一些我喜欢玩的英雄的皮肤，但是他会把一般女孩子喜欢的皮肤全都买来赠送给我，我挺慌的，不好意思收别人礼物，而且他是全皮肤的号，我想回赠都不行。

每次出新的皮肤他都是第一时间买给我，我想给他送结果发现他已经买了。

群里的人一度怀疑他是想包养我。

后来收了他的礼物，我就开始天天和他打游戏，他开了语音，我不好意思不开，但他话又非常少，一般都是我说得比较多。

有一次我们和战队群的人一起打游戏，他几乎没说过话，我一直在叨叨，队友就问他说天天和我打游戏烦不烦，我这么吵。

他说："不烦，我喜欢听她说话。"

当时我就觉得，这不会就是心动的感觉吧？

我的队友们都感到很疑惑，寻思说他是不是声控，但是我的声音也不好听啊。

那之后我们就经常一起打游戏了。

其实也主要是我在群里叫人打游戏的时候，永远只有他会陪我，久而久之，我一喊打游戏，就会有人帮我艾特他。

后来有一次，我叫他打游戏，他没有回我，我就给他发语音，结果弄错了弄成了视频通话，他那边很快就接了，估计也是没看清楚，于是就被我看到了他的脸，虽然很模糊，而且角度是从下往上的，但是这张脸我一看就爱上了。

之后玩游戏我就开始使劲撩他，然后元旦的时候他跟我视频，自弹自唱了一首《欢喜》，唱完之后跟我说："新年快乐，新的一年不想再叫你姐姐了，叫你老婆可以吗？"

我当时就少女心螺旋炸裂。

所以我闺密说我渣，还说难怪我那么容易俘获人家，用我的手腕去勾引高中生，那不是王者吊打青铜嘛。

晚上我失眠了，翻来覆去考虑我和他之间的关系。

因为不想做渣女，所以我觉得要搞清楚自己对他的感情，以及这段感情的去向。

思来想去，还是觉得谈了那么久现在放手的话很亏。

周末有新电影上映，是他之前一直想看的，我约了他。

他说他星期六还要上课，只能星期天出来。

"我星期六有球赛，你能过来吗？"

他说的是能过来吗，不是要过来吗，我好喜欢他这种语气。就像每次打游戏一样，我给他辅助，他给我蓝，都说的是"来拿蓝"而不是"你要蓝吗"，温柔中透着无法拒绝的霸道。

"你烧退了吗？"

"可以打，没事。"

"几点？"我问，"我有时间就过去。"

"下午四点，打两场。"他说，"来的话你跟我说一声。"

星期六我到他们学校的时候，才知道他说的"来的话你跟我说一声"是什么意思。

"你们学校居然有门禁？"我隔着门不可思议地对他说，"你知道我大摇大摆走过来被门卫拦下的时候有多尴尬吗？给你买的水果沙拉还被没收了。"

司成在门内摸了摸眉毛，嘴角翘着，好像是在笑我。

"一直都有的，我也出不去。"

听声音，笑意还挺明显的。

"那我要怎么进去？"

他凑近了一点，小声说："绕着我们学校围墙走，在黄色那栋楼后面，有一个小缺口，可以翻进来。"

我微笑着说："嗯？你让我翻墙？"

"嗯，别怕，很矮的，你肯定翻得进来。"

我："……"

"快去。"他还催促我，"我在里面等你。"

我怕是水逆还没过哦。

我："你没看到我穿的裙子长筒靴？"

他扫了我的腿一眼，表情很费解："你不冷吗？"

"里面穿了光腿神器。"

他顿了顿，然后脱下他的羽绒服，从门栏中间塞过来，不由分说："穿上。"

行吧。

他的羽绒服很宽很大，我穿上都快到脚踝了。

"这里吗？"我绕着学校走了一会儿，然后停在围墙外面开语音问他。

"啊？你到了吗？"

"司成！"我扯着嗓子冲墙的另一边喊了一声。

"欸，在，这里。"他在对面说，"看到那堆砖了吗？爬上来。"

"好吧，我试试。"我一边撸袖子一边碎碎念，"这是造的什么孽哦，读书的时候我都没爬过墙。"

我听到他在那边笑了一下。

我爬上砖堆，试图翻上墙头，但是失败了。

"司成，我的靴子不好弯膝盖，我爬不上去。"

"等等。"

话音刚落，他就跃上了墙头，朝我伸手："把手给我。"

我仰头看他，他蹲在围墙上，逆着光，碎发落在前额，看起来帅得要了我的命了。

"你拉得动我吗？"帅归帅，我还是挺担心的，毕竟他是蹲在墙头上，蹲都蹲不稳，要怎么拉我上去。

"可以，来。"他又把手往前伸了一点。

我暂时选择相信他一下，就踮着脚把手递给他了。

他力气还真的挺大的，我只抬脚轻轻一蹬，就被他拉上去了。

"站稳，先等我下去。"他松开我的手跃下墙头，然后伸开双臂，"跳下来吧，我接住你。"

真的是男友力 Max。

我往下一跳，直接扑进了他怀里。虽然他接住我之后往后踉跄了一步，但好歹没把我摔了。

唉，这个大男孩的怀里暖暖的香香的，我真舍不得放开他。

但是他拍了拍我："快走，球赛要开始了。"

"外套给你。"

"你穿着。"他说，"我一会儿上场也不穿外套。"

我们到球场的时候，球场上已经围满了人，他的队友到处在找他，看到他带了个人来，开始此起彼伏地起哄，都围过来想和我说话，被他挡住了。

"先打球。"他说。

"临时改了规则，十班也要参加了。"他队友跟他说，"而且第一场我们就要和十班打。"

"十班的都是体育生。"有人抱怨，"本来不是说好都不参加的吗？"

"没事。"司成说，"也未必会输，尽力就行。"

"行，我们先过去了。"

他"嗯"了一声，等他们走开之后，才跟我解释："他们都是我舍友，都知道你。"

我"哦"了一声："难怪声音很熟悉。"

之前一起连麦打过游戏的。

"你坐这儿吧。"他给我安排了一个位置，那本来坐了几个小女生，被他看了一眼之后马上就跑走了。

"你过去吧。"我说，"注意安全。"

他很小幅度地勾了勾嘴角，然后"嗯"了一声。

我坐下之后他还给我拿了瓶水才走开。

司成走到他队友那边去了，脱掉了卫衣丢给一个男生，那个男生没有接，指了指我，司成直接把衣服盖到他头上了。

球赛很快就开始了，中圈跳球定球权，司成动作更快一点，把球拍给了队友。

场上顿时一阵尖叫，同时响起了有规律的加油声。两个班的啦啦队分别站在两侧，一时间也看不清楚哪个班的声势比较大。

司成作为他们队的主力，腿长的优势就体现出来了，动作敏捷，反应迅速，接到球之后是传球还是投篮都能瞬间做出决定，运球的时候像一只猎豹一样冲出对方的严防死守，因此基本上他拿到球都会进球，所以老是被针对。

我很久没看过球赛了，更没有看过这么青春洋溢的球赛了，公司原本有球赛的，但队员都是大腹便便的中年男人，跑都跑不动。

看到司成在球场上奔跑的样子，看到他撑着膝盖擦汗的样子，看到他给队友打手势跃起来接球投三分的样子，还真的是心动不止一点点。

心动的也不止是我一个人，两边的女学生尖叫连连，就连体育生那个班的女生都倒戈在喊司成的名字。

虽然知道他叫我来看他打球赛就是要帅的，但不得不说，今天的他真是帅爆了。

上半场，他们以微弱的优势领先了五分，到第三节那群体育生开始发力，而他们的耐力明显有些跟不上，一下子就被赶超了。

第三节结束之后他们中场休息，我拿水过去给他们，问司成："你肚子没事吧？我看刚刚你带球被撞了好几下。"

我过去之前司成本来在揉肚子，我过去之后，他马上就把手放下了。那几个体育生都很壮实，手肘子这么撞过去，肯定得青一大块。

"没事。"他轻描淡写地说，又偏头对我说，"我兜里有口罩。"

我莫名其妙："我要口罩干吗？"

"刚刚我看有人在偷拍你。"

我坏笑："就这么关注我啊，打着球都能发现有人在偷拍我？"

他语塞。

他的队友又开始起哄，声音有点大，周围的人都望了过来。

球赛继续。

最后一节，司成的进攻变猛了很多，但是他一直被两个体育生围着不让投篮，好在他的队友也给力，从他手上接到球之后立刻就上篮了，把比分拉小了很多。好不容易司成找到机会，在篮下接到球，他跃起投篮的时候，忽然被人顶了一下，球投进去了，他人却失去平衡摔倒了。

周围都是人，混乱中他的手腕还被人踩了一脚。

他们喊了暂停，司成下来的时候，他们班的女生通通围过去询问，还有女生想帮他看一下，他收了收手："没事，拿冰敷一下就好。"

那个女生拿着冰袋有些不知所措，他队友立刻接过冰袋递给我，还给我眨了眨眼示意。

我一接过冰袋，司成立刻就把手伸给我了。

他的手腕红了一大片，肿得老高。

"有没有扭到？"我问。

"不知道。"他说，"有点痛。"

刚刚不是说没事？

我把冰敷上去，摸了一下，估摸着只是被踩肿的，没有扭伤。

"这群人。"他队友愤愤不平，"最后几分钟了还搞幺蛾子。"

"只是意外。"司成很冷静地说，"比分差多少？"

"还差三分而已，你还要上？"

"可以上。"

这几个人重新回到球场的时候，气氛一下子就高涨了起来，两边的啦啦队疯狂喊加油，眼睛里都冒星星了。

我承认，这确实挺热血的。

但他们打得很困难，最后几分钟了，那群体育生仗着体能优势猛攻，一下子进了好几个球，最后半分钟的时候，司成抢到了球，他拿着球，似乎要把球传给队友，我看得很是紧张，情不自禁站了起来。

就这么一个动作，被他发现了，我们俩对视一眼，他忽然冲我歪了歪头，然后收回手，一个利落的转身避开防守他的球员，跃起投了一个三分球。

进了！

球赛结束。

他没有去看比分，没有去看队友，而是撑着膝盖弯着腰抬头看我，额头发梢滴着汗珠，眼睛亮晶晶的，宛若一湾清泉。

我心里那只老鹿在疯狂乱撞。

我读书的时候，也喜欢过像司成这样的风云人物，长得帅、学习好还会打球，关键是还对女生很冷漠。

但是以前的我没追到过，现在捡了一个现成的男朋友。

仿佛是老天爷在给我圆梦。

球赛之后，他们说要洗个澡、翘晚自习出去吃火锅，邀请了我。

"我怎么都行，会打扰你们男生的聚会吗？"我问他们。

他们笑着说："怎么会！其实是我们打扰到你和司成了吧。"

"快回去洗澡。"司成拉开他们。又跟我说："等等我，很快的。"

他队友"嘿嘿"直笑："男人不可以说快！"

司成："滚！"

一群男生嬉笑着跑开了，跑得飞快，我衣服都没还给他。

我绕着校园走了一圈，发现现在的高中生小妹妹都长得很好看，皮肤水灵灵的，即便穿着校服，也抵挡不住美貌。

好多人都化了淡妆。

十六七岁的少女的笑声真的清脆得像铃铛。

而我只会喊老公 666。

但是没关系，她们喜欢的人现在是我男朋友，嘻嘻。

我才逛没几分钟，就接到他的语音通话，问我在哪里。

"好像在食堂这边。"我努力辨认方向。

"我过去找你。"

刚挂了电话没半分钟，就看到他从另一边奔过来，跑得贼快，我都怕他撞到人。

"走。"他过来就要抓我的手，我看到食堂门口有戴着袖章的老师，就躲开了他的手，把手背到身后。

他抓了个空，看了我一眼。

"有老师。"我说。

他没有吭声，收回手一个人快步往前走。

走过食堂之后要穿过操场，这会操场已经没什么人了，只有一些体育生还在运动。

我凑过去歪着头看他："生气啦？"

他面无表情地回答："没有。"

"没有你为什么现在不牵了？"

我冲他伸出手，他顿了顿，刚要牵住我的手，背后就传来一阵笑声。

是他的几个舍友，原来一直跟在我们后面，还模仿我们说话。

"生气啦？"

"没有。"

"没有你为什么现在不牵了？"说这话的男生伸出手，和他搭戏的男生对答如流地握住他的手："我想牵得不得了！可是人家害羞嘛。"

"呕！"

司成没有管他们，牵起我的手就往前走，显然是已经习惯了这种状况。

其实我还得谢谢他的这群舍友，我刚和他在一起的时候，根本不了解这个别扭的小男孩。有时候和他约了打游戏，但是偶尔我会临时变卦，要去吃饭唱歌见朋友，语音跟他说我鸽子他的时候，他虽然嘴上说着没关系，但是他的舍友会在旁边笑他。

"呀，司成又被女朋友放鸽子了，你看看这不高兴的脸。"

"今晚晚自习又要发呆咯。"

还有一次，我把我的号给别的男生玩，他在线跟我打了招呼，那个人没回他，然后他就生气了一天没理我。过了很多天之后我跟他和他舍友一起组队打游戏才知道他为什么生气，然后我跟他解释我是把号给别人上了。

这下就踩到猫尾巴了，他当时就闭麦不和我说话了，我还不知道他又生气了，还继续跟他舍友聊天开玩笑，之后他直接三天没理我。

直到他舍友在游戏上给我留言说司成生气了为什么我没发现，我才发现。

他说不喜欢我把号给别的男生玩，我问他怎么知道是男生在玩，他说他后来去看了战绩，发现我用的都是我不常使用的英雄，那些英雄男生玩比较多。

然后我就知道，他其实也介意，只是不说。

爬围墙的时候，这几个男生飞人一般，助跑几步就蹬着墙上去了，我对着这堵墙很是为难，因为这边没有砖堆，我根本上不去。

司成站在我旁边，弯下腰然后指了指自己的背示意。

我："你让我踩你的背上去？"

3栋2单元18楼那个**做警察的女生**，在电梯里 **强吻** 了一个**男生**。

我居然撩了我老板……

吓到我了

↗ 2　　　💬 9　　　👍 18

新的一周开始了！希望这周不加班！

要不你别干了吧

↗ 11　　　💬 20　　　👍 15

哇啊啊！老板拍了我的丑照做表情包并且笑得很开心……哼！

笑得很天真

☑ 9　　　　　💬 18　　　　　👍 22

怎么办，我好像喜欢上他了……

天在下雨，
我在想你

☑ 258　　　　　💬 263　　　　　👍 589

啊啊啊！老板表白我啦！

元气满满

☑ 367　　　　　💬 520　　　　　👍 667

老板……勉强算是合格的男友吧。

整条街上最靓的仔

☑ 835　　　　　💬 399　　　　　👍 1005

「把手给我。」

我仰头看他，他蹲在围墙上，逆着光，碎发落在前额，帅得要命。

"唔，你拉得动我吗？"

"可以，来。"

我往外一跳，直接扑进了他怀里。
暖暖的……

司成点点头。

我："那我可舍不得。"

他失笑，又直起身子摸了摸眉毛，问："我可以抱你吗？"

我："啊？"

"我抱你上去。"

"你怎么抱得上去？"

"你把她举起来把她举起来。"他舍友在围墙上说，"我们拉她一把就好。"

司成应了一声，然后弯腰抱住我的大腿，一下就把我扛起来了。

我真实地对自己的体重产生了怀疑。

他舍友伸手来拉我，司成在下边很嫌弃地侧了一下身，提醒他："拉手臂。"

我和他舍友都忍不住笑了。

最后他舍友隔着羽绒服，非常费劲才把我拉了上去。

上去之后司成立刻轻松一跃上了墙，然后跳下去冲我展开双臂："下来，我接住你。"

然后把我接了个满怀。

和这几个帅气高大的男生走在一块，特别引人注目，整条街的人都在看我们。

我们去了美食城，到处都爆满，走了几家都没位置，在路边还要被小美女调戏，让我们和她们拼桌。

最后他们决定去现买食材，去江边烧烤。

这也太浪漫了吧，我举双手双脚表示赞同。

我们买好东西去了江边，刚开始支架子，就突然冒出来一个保安，一边朝我们跑来一边拿着棍子指着我们吼："这里不能烧烤！"

几个男生动作非常迅速，飞快地把东西都扛上转身就跑，我还没反应过来，就被司成拉着手一溜烟地跑走了，跑了一段还有人回头："哎呀落下了碗筷！"然后冲过去捡走。

保安根本没他们快。

真不愧是打篮球的。

我们找不到地方烧烤，去郊外又太远，最后司成说可以去他家。

我很不解："你家可以烧烤？"

"怎么不可以。"他舍友说，"姐姐你没去过他家吗？他住小洋房的，有个露台呢。"

我委屈："我没去过啊。"

他看起来比我更委屈，上了车才小声跟我说："上次邀请你了，你不愿意上来的。"

好吧。

一群人跑去了司成家，他们好像经常过来，鞋柜一打开一堆男式拖鞋。

我没找到女生的鞋子，他让我不用换了："反正明天有人会过来打扫。"

他舍友都很震惊："那我们为什么要换？上次你还逼着我们走了那么远去超市买拖鞋。"

司成也感到很惊讶："你们要和女孩子比？"

他舍友纷纷愤怒地换上拖鞋，带着一堆材料去了露台。

"我真的不用换吗？"我问。

"不用。"他说，"你穿鞋都比他们赤脚干净。"

"司成，拿点饮料过来。"被嫌弃的他的舍友在外面喊。

我帮他去拿饮料，结果打开冰箱，里面全是牛奶，我忍不住感慨："你这也太爱喝牛奶了吧？"

司成一言不发，拿着托盘装了十几瓶牛奶出去，他舍友发出了和我一样的感慨。

"你知道什么，现在就流行这种小奶狗，姐姐你说对吧？"

我笑着点头："对。"

司成皱了皱眉，但没说话。

我本来以为几个男生应该只是来玩的，没想到他们手艺是真的不错，烤起来像模像样，味道也很棒。

"比我们去的烧烤摊好吃多了。"

"还卫生。"司成说。

"我们经常来他家小聚的。"舍友说，"他很会弄吃的，我们被他磨得慢慢手艺也出来了哈哈哈。"

我很诧异："司成你还会做饭吗？"

他"嗯"了一声："我爸妈不在家，我从高一就开始自己下厨了。"

"他以前家里是有阿姨的。"他舍友说，"那阿姨煮饭，肉是七成熟的，鸡蛋里还有蛋壳，后来又请了一个，但是人品不好，所以他才住宿了。"

你看看，这就是留守儿童的悲哀。

一群人吃吃喝喝闹到了十一点，他们就得返校了。

"真的不要我送你们回去吗？"在路口分开的时候我有点担心，"这么晚了。"毕竟一群高中生。

司成有点无奈："我比较担心你这个路痴呢，快走吧，到家给我发信息。"

"姐姐拜拜哦，我们一群人没事的。"他舍友咋咋呼呼的，"下次再一起玩。"

"嗯好。"我趁着他们不注意，飞快地摸了一下司成的小脸蛋，"周末见哦。"

"周末见。"他眼底荡漾着笑意，"晚安。"

结果周末的时候，我被他毫无征兆地放鸽子了。

"我票都买了呢宝贝啊。"

"突然说要模考，我也没有办法。"司成很无奈，"班主任监考，我翘不了课。"

"呜呜呜。"

"对不起啊。"他的声音非常温柔，"下次补给你。票能退吗？不能退就和别人去看吧。"

"那我和别的小哥哥去看了。"

他立刻就不说话了，安静得我以为他挂了电话，一看屏幕还在通话中，我马上哄人："我开玩笑的，和小姐妹看，和小姐妹看。"

"嗯。"

"你不许生气。"

"没生气。"

"我知道。"我憋着笑说，"只是刚刚信号不好，对吧？"

"……"

还没生气呢，真是的，比女孩子还难哄。

那之后我连续三个礼拜没见过司成，他每个周末都要考试补课，我们也就间歇性地微信留语音给对方，以此来维持这摇摇欲坠的网恋。

第四个礼拜的时候，他说他受不了了，晚上死活要翻墙出来看我。我心疼他，就偷偷开车去了他们学校，在围墙外等他。

月黑风高，我等了十分钟，才有黑影从上面蹦下来。

"司成？"我叫了一声，那人未料到下边有人，吓得叫了一声。

我一听这声音就知道不是我男朋友。

之后陆陆续续又有几个人跳出来，但是都不是司成。

我等了半个小时，才收到司成给我发的语音。

"刚刚熄灯了，班主任突然来查寝，训了我们半小时。"他的声音听起来很疲惫，"你睡了吗？"

"没呢，你还要来吗？"我问。

"来，我现在已经出来了。"

"出来了吗？到哪儿了？"

我话音刚落，就感觉头顶有一阵风掠过，风里夹着和普通男生身上不一样的淡香。

这次肯定是我的小男朋友了！

"司成？"我还是试探性地叫了一声。

对方身形一滞，偏头来看我。

今晚其实一直都没有月亮的，很黑，我这个轻微夜盲患者其实什么也看不见。但是就在他回头看我的这一瞬间，月亮突然就出来了，淡淡的月光洒在我们身上，我看到了他朦胧的脸。"你怎么来了？"

"想你啦。"我说，"你跑去找我，得算上来回的时间，我来找你的话，我们不就能多待一会儿吗？"

我讲完这句话，自己都觉得撩爆了，司成眼里满满都是温柔的笑意，虽然他只是"嗯"了一声，但是我能感觉到他这一刻一定喜欢我喜欢得不得了。

我提前买了零食和饮料，还带了电脑和平板，开着天窗和他一起坐在车后座看电影吃零食聊天，最后他靠着我的肩膀睡着了。

早上六点半，学校的广播准时响起，司成几乎瞬间就睁开了眼睛。

"你要去上学了宝贝。"我打了个呵欠说，"好好学习。"

他伸手抹掉我被呵欠逼出来的眼泪，低声应了一声，然后打开车门下去穿外套，要走的时候忽然又折返，撑着半开的车门盯着我看了几秒钟："再等我两个月。"

"嗯？"我笑了，忍不住要逗他，"两个月就能那啥了吗？"

他微微一怔，然后撇开眼，似乎皱了皱眉："两个月高考。"

"哦。"我憋着笑，"那什么时候可以那啥？"

"那啥是啥？"他反问我。

看起来很淡定的样子，但我看到他耳朵都红了。

"你猜啊。"我说。

"……我走了。"

"拜，好好学习哦。"我说。

他"嗯"了一声。

我回到家之后才想起来，我忘了一件事。

我忘了亲他了。

后两个月的时候，我们又回归到了网恋模式，我也知道最后几个月是高考冲刺了，所以轻易不敢找他，基本上就是他给我发信息，我刻意等到他下晚自习准备休息的时候才回复，语音聊天也并不会聊太久。

就连游戏，也很少玩了。

最后一个周末，学校放了两天的假，让他们回家好好休息，他放学之后的第一时间就给我打电话了，想约我出去看电影。

"看什么看！都要高考了！"我凶巴巴地说，"你回家好好休息。"

他笑了一下，声音很无奈："这语气和我们班主任一模一样。"

我"嘿嘿"笑了一声。

他在那头停顿了几秒，然后犹豫着开口，问我："你是不是……有了新的男朋友了？"

我被他问得都蒙了："你在逗我吗？"

"我以为你想分手。"

"我没有啊！"这好不容易熬到快高考了，我分哪门子的手啊。

"因为你这段时间很少搭理我。"

"我没有！我是怕影响你学习！"

"怎么会，我成绩很稳定的，就是英语很差。"

"那你找我帮你补课啊！我是英语专业的。"

"真的吗？"

"真的。"

"那你什么时候有空？"

"啊。"我笑了，"说来说去还是想约我嘛。"

他在那边又不吭声了。

"我下班过去找你？"我说，"但是辅导是要回报的哦，你做饭给我吃吧？"

"你想吃什么？"

"我今晚想吃牛肉和鱼。"

"嗯，我现在就去买菜。"

"好哦。"

挂了电话，我同事凑过来，坏笑着说："做饭给你吃？你男朋友？这么居家？"

对啊，谁能想到我的小男朋友这么居家呢，他还只是个孩子啊。

我到司成家的时候，他已经在处理食材了，围着围裙来给我开门的他，可爱极了。

被我盯着看的他，看起来有点不好意思："马上就好，我给你打了果汁，你先喝。"

"煮的什么？天哪，也太香了吧。"我跟进去，然后被香味吸引，"你真让我意外。"

"要尝一口吗？"他拿勺子舀了一块牛肉，"咖喱牛肉，小心烫。"

我尝了一口，感觉舌头都软了："好吃欸。"

他抿唇。

晚餐是我最近一段时间吃得最好的一顿了，我不擅厨艺，平时要不就是自己在家点外卖，要不就是回家蹭爸妈的饭。

会做饭这一项技能，完全把我锁死了。

说到这个，我不免又要问他："打算去哪儿读大学啊？"

他垂着头，隔了一会儿才回答："想在本市读大学。"

"真的吗？"我挺开心的，"是因为我？"

他不置可否："你觉得是那就是吧。"

"啊，那你一高考完，我们就同居吧！"

他没料到我会这么直接，微微一怔之后耳朵都红了。

晚餐之后我们到露台吃水果打游戏（说好的辅导功课呢），一直到天黑，他才装作不经意地说："好像挺晚的了，这边不好打车，你要不要留下来过夜？"

　　我差点没笑岔气，好不容易憋住了笑，我凑过去，勾起他的下巴，盯着他漂亮的眼睛说："宝贝，这才八点半，就挺晚的了？何况我自己开了车来的。"我顿了顿，才慢悠悠道，"不过呢，你要是很想我留下来陪你，那我就勉为其难啦。"

　　他哼了一声："才没有。"

　　"口是心非的家伙。"我说，"来吧，不玩游戏了，我们去做羞羞的事情去吧。"

　　司成看起来很惊悚，说话都磕巴了："什么事，事情？"

　　"你来就知道了。"我神秘兮兮地说。

　　三分钟之后，司成坐在书桌前，面带微笑地望着我："这就是你说的羞羞的事情？"

　　"嗯。"我翻着他的英语试卷，"我好久没念过英语听力了，有点害羞。"

　　司成："呵。"

　　"这位考生请抓紧时间阅读试卷，听力测试即将开始。"我清咳两声，"一会儿我给你改卷哦。"

　　司成低头看试卷了，他认真的样子也帅极了，而且我发现他都没有什么坏毛病。我以前读书的时候，周围的男生看题，要不转笔，要不抖腿，反正就是停不下来。但是他看题，就是静静地看题，只有视线在移动。

　　我念听力的时候，他也是盯着试卷，但是微微偏着头，仔细听我的声音，这让我有点紧张，还不小心念错了几个单词，他听出来了，还勾了勾唇笑我。

　　真该死，怎么能这么吸引人呢这个孩子。

　　我念完题，他也做完了题，给他批改的时候才发现他连一半的分都没拿到。

"怎么这也能错啊？"我恨铁不成钢，"这种题我不听题目都能蒙对。"

司成托着腮看我，一副无可奈何的样子："我没办法专心听题。"

"不是，我看你不是听得挺认真的吗？"

"我只是在认真听你念题而已，具体内容我根本听不进去。"他趴在桌子上说话，声音含含糊糊的，"不想做题了。"

"那就不做了。"我说，"去你房间玩？"

司成一下子就紧张了起来，仰头看我："去我房间干吗？"

"我想去看看嘛，走走走。"我拉着他，不由分说地往外就走，"哪一间是？"

司成只好指了指书房旁边的卧室。

司成房间其实没有什么好看的，里面跟他给人的感觉一样，干净整洁，床单被套窗帘都是灰色的，没有一件多余的东西，只有床和床头柜和衣帽间，连书桌电脑都没有。

我莫名地对他的衣橱有点感兴趣，但是没敢提，太变态了。

司成站在门口，显得有些手足无措，又有点小心试探地望着我，低声问："那你要回家吗？"

"我说过啦。"我都被他弄得有点紧张了，"你如果想让我留下来陪你，我也是可以的。"

他的脸一下子就红了："我可以睡客房。"

"你睡客房的话，那我还留下来干什么？"

我看他这个样子，总忍不住想逗他："一起睡嘛，我保证不会对你做什么的。"

我好期待看到他继续害羞的样子，但他好像突然又镇定了下来，冲我笑了笑："好。"

嗯？

他知道这个"好"的下场吗？

我车上一直会放一套去健身的备用衣服，但我只拿了内衣裤上来，司成非常耿直，直接给我拿了一套新睡衣，说是他前几天买的，洗过之后有点缩水，所以没穿过。

我？

不是，我幻想的是穿着他的 T 恤露出白花花的大腿啊，谁要穿他这套密不透风的睡衣啊？

我满脸不高兴地拿着他的睡衣进浴室了。

我洗完澡出来的时候，他在房间的阳台外面打电话，哇，亏我还刻意没把纽扣扣完露出大锁骨，裤子没穿露出大腿，他居然不在房间等我？

我爬上床的动静终于吸引到他了，他回头看了我一眼，冲我笑了笑，示意让我等他一会儿，然后他就转过头继续听电话了。

落地窗关着，我听不到他在说什么，但从他垂着的脑袋和紧抿的嘴唇来看，应该是有点不愉快的电话。

这个电话有点久，我都打呵欠了，他还没回来。

我关了灯躺下，又等了一会儿他才回房间来看我。

"睡了吗？"他在床边的地毯上盘腿坐下，语气温柔又抱歉，"我爸妈的电话，没法挂。"

我"嗯"了一声表示理解："帮我手机充电。"我说，"快去洗澡睡觉，我好困了，不等你了。"

"睡吧。"

他拿着我的手机去充电，然后拿了衣服要出门，又被我叫住："你去哪儿？"

"你睡吧。"他在门口小声说，"我怕吵到你，去客房洗。"

"不可以！"我凶巴巴地说，"就在这儿洗，不会吵的。"

他顿了顿，才又折返回房间的浴室。

浴室水声响起的时候，我那叫一个心猿意马，脑海中充满了各种各样的画面，只可惜我真的太困了！没能撑到他出来就睡着了。我能感觉到他洗完澡出来，很小心地上床了，但是我连翻身过去抱抱他的力气都没有了。

我这一觉睡得很挣扎，大脑告诉我要起来和男朋友玩，身体却睡得死沉。

中间我醒过两次，都感觉旁边的司成并没有睡着，我迷迷糊糊的，问他："你还没睡吗？"

听到他回答说"睡不着"。

我感觉他一直在注视着我。

"要我哄你睡吗？"我问，"过来姐姐抱抱。"

他凑过来，一伸手就把我完全揽进了怀里，他还摸了摸我的头："睡吧。"

我在这样一个温暖的怀里，睡得更沉了。

第二天醒过来的时候，司成已经不在床上了。我叼着牙刷走出卧室，看到他围着一截围裙在厨房做早餐。

"起这么早？"我拿开牙刷问他。

他看了我一眼，表情很无奈："压根儿就没睡着过。"

我"扑哧"一声笑了,牙膏泡沫都快出来了。

"快去洗脸,马上就可以吃早餐了。"他催促我。

"来不及了,我要上班了。"

司成愣了一下,显然是忘记了我还要上班的事情,然后露出一点点失望的表情。

我都来不及安慰他,回屋刷牙洗脸之后,穿上衣服就匆匆忙忙要出门了,司成像个老母亲一样跟在我屁股后面,手上拿着碗,巴巴地看着我说:"吃一两口吧,就吃一两口,别空腹去上班啊。"

我只好一边穿鞋,一边由着他喂了两口,然后就匆匆出门按电梯了。

司成穿着拖鞋端着碗跟出来,望着我欲言又止。

"干吗?"我捂着脸看他,"我没化妆,很丑吗?"

他使劲摇头。

"早餐好好吃哦,快,再让我吃两口。"

他又连忙过来喂了一口,表情很懊恼:"我忘了你要上班了,早知道用便当盒给你装上,我还切了水果。"

"没事的宝贝,我到公司有东西吃。"他这样子真的太可爱了,我忍不住凑过去在他脸上"啵"了一口,这一下电光石火之间,我突然想到了什么,"我们昨晚,是不是亲嘴了?"

他的耳朵一下子就红了:"电梯来了,你快走。"

然后就一溜烟地跑回了房间。

我这会儿才想起来。

昨晚我被他抱住之后,我抬头然后磕到了他的下巴,我问他疼不疼,他说不疼,我就亲了亲他的下巴,他问我可不可以亲我一下,我说嗯,然后他就直接搂着我的脖子,在黑暗中吻住了我的唇。

我当时睡得迷迷糊糊的，现在想起来，这小孩吻技还挺可以的，很强势很火辣。

我实在是忍不住在电梯里无限回味。

今天很忙，到公司之后我基本没什么时间看手机，一直到中午吃饭休息，才看到司成给我发来的信息，问我吃早餐了吗。

我回他吃过了。

他几乎是秒回：那吃午餐了吗？

我：正在吃。

他：好，多吃点，你好瘦。

我：我都快胖成猪了。

他发来一个疑问的表情。

我问他："你早上是不是有什么话想跟我说？"

他："没有。"

我："真没有吗？"

他隔了一会儿才回复我："想知道你……今天晚上还过不过来。"

我还没回复，我旁边的同事就问我傻笑什么呢："嘴角都咧到耳后根了。"

我收起笑容："有吗？"

"有啊，笑得可甜了，唉，谈恋爱的人果然不一样。"

我收起笑容敲字回复他：我今天要回家哦。

他隔了一会儿才回复我：好吧。

我下了班就火速回家收拾衣服和护肤品，然后往他家奔去，结果到门口了按门铃没人来开门。

我给他打电话也没人接。

该死，惊喜要变成惊吓了。

我在他家门口坐在行李箱上打游戏等他，开了两局，第二局的时候他给我发了预约。

我火速给他发微信："为什么不接我电话？不回电话还上游戏？去哪儿浪了？"

他给我发了个问号，说："怎么了？我在外面打球，打完球现在去吃火锅，才看到你的电话，以为你在叫我打游戏，所以才上线的。"

我："嘤嘤嘤，人家现在在你家等你啦。"

司成在那边明显愣了一下："你来了？你不是说……"他压低了声音，"今晚不过来了？"

"我没说不过来，我是说我要回家一趟，回家拿衣服。"都怪我搞这些花里胡哨的东西。

司成在那边笑了一下，声音立刻就愉悦了起来："那我现在就回去。"

"那你朋友怎么办？"

"嗯？"司成仿佛根本不在意他朋友还在旁边，"等我，十分钟到。"

"好哇。"

实际上他不到十分钟就出现了，跑得气喘吁吁，出电梯看到我的时候，眼睛都仿佛在发光。

"你真的在欸。"他傻乎乎地说。

我伸开手："那还不过来亲亲我？"

他的视线在我的嘴唇上游离了两秒，然后避开我的视线，掏出钥匙开门锁，帮我把行李箱提进去。

我还在想我的小男朋友真害羞，下一秒他就捉住我的手腕，把我带进门按在了门板上。

我穿着高跟鞋，也才刚刚到他的下巴，我不得不仰头看他。

"你要亲我吗？"我问。

他笑了："你别说话。"然后就闭着眼很温柔地亲了下来。

真是一个小甜甜。

之后几天的时间过得飞快。

我每天上下班，他打球、看书、煮饭在家等我，我们过得像一对老夫老妻一样。返校那天，我送他回学校，他背着书包刚下车，就在校门口看到了他的班主任。

班主任跟司成打完招呼，还跟我打招呼，问我："是司成的姐姐吗？"

我只能下车，充当司成的姐姐跟他的班主任寒暄："班主任你好，我们家小孩给您添麻烦了。"

之后其实班主任也没有说多少，他好像看出了我并不是司成的姐姐，说话客气，但每句话都意味深长。

"孩子马上就高考了，他的成绩我并不担心，就是志愿这一块，上一次我们班模拟填志愿的时候，我看他的志向是本市的大学。"

"说实话以他的成绩，上两个这样的大学都绰绰有余。"

"而且之前我和他父母联系的时候，他父母的规划并不是这样的，他明明早就准备好出国了，但是却不知道为什么，突然又决定参加高考了。你说呢，司成姐姐？"

最后这四个字加重了读音，让我的笑容都有点挂不住了。

"他父母上次给我打电话，很着急，他们一时半会儿又没法回国，我就在想，这孩子是不是谈恋爱了？小孩心性没定，很容易做出一些无法挽回的决定，我们做大人的，做不到推着他往前走，至少也不要做绊脚石吧？"

我不知道自己是怎么开车回家的，脑子里太乱了，进电梯之后楼层都没按，在里面空站了几分钟。

心里做出决定迈出电梯的瞬间，恰好手机响了，我想着不会是那个死小子给我发的信息吧，点开一看还真是。

"我班主任和你说什么了？"

听到他声音的瞬间，我居然眼睛有点发酸，脑袋中突然涌起了很多他的声音。

"姐姐开语音吗？"

"别怕，我过来了。"

"姐姐好棒哦，五杀了。"

"新的一年不想再叫你姐姐了，叫你老婆可以吗？"

"我想亲你可以吗？"

我憋住所有情绪，一边开锁，一边给他回信息："没有啊，他以为我是你姐姐，就寒暄了几句。"

他直接就一个电话打过来了，我本来不想接的，但是我怕他察觉，只能勉强接了。

"刚到家吗？"他问，"我听到了钥匙声。"

"你耳朵真灵敏。"我夸他。

"嗯，也说不上，只是对你和你身边的声音敏感而已。"

我那该死的眼泪都快跑出来了。

"我要洗澡啦，累死了。"我匆忙说，"你先上自习，晚点聊。"

"嗯？为什么？"

他的为什么还没说完，我就把电话挂了。

他不死心地再打过来。

我没敢接，直接躲进了浴室。

再出来的时候，手机上有几十个未接来电，微信也有几十个未接通的语音。

我都快被他吓死了，这是他第一次找不着我这样疯狂地给我打电话，我连忙给他回了过去，说自己在洗澡。

"我不是说了洗澡吗？打那么多电话干吗？"

"我不知道。"他闷闷地说，"总觉得你有点怪。"

"我哪儿怪了？怪好看的？"

他在那边笑了一声。

"你不能这样啊，司成同学。"我语气严肃地说，"这还有几天就高考了，你得把心思放在学习上，拿个状元什么的，给姐姐争光，知道吗？"

他在那边"嗯嗯啊啊"地敷衍我。

"我是认真的，这几天你别找我了，高考完我们再联系。"

他立刻拒绝了："不行。"

"你别那么霸道好不好？我是为你好。"

"我不要。"他说，一点商量的余地都没有。

"就这么决定了。"我突然也有点生气了，"挂了，你看书。"

他很无奈："你觉得你这样挂了，我还能看得下书吗？是不是我班主任和你说什么了？"

"我是担心你高考。"

"你之前怎么没担心？"

我沉默了，真的说不过他。

他好像意识到我有点生气了，退步了一点："我考试 OK 的，一天打一次电话好不好？"

"发信息。"我说。

"你别这样。"他的声音听起来都快崩溃了，"你现在搞得我好难受。"

我也好难受，我都想哭了："司成，你听一下我的话好不好？"

我自己说完才发觉，这语气里带上了一丝哀求，司成在那边也突然安静了下来。

"司成？"我小声叫他，"你们是不是上课了？"我听到了那头隐隐约约的上课铃声。

那边传来脚步声，似乎是他远离了教学楼，周遭安静下来，隔了好几秒，他才重新开口，语气冷冷的："他跟你说什么了？"

我被他这个语气弄得有点慌："真没说什么……唉，他就是说怕你这段时间分心什么的，我想来想去，能让你分心的大概也只有我了，所以才这样的。"

他在那边轻轻叫了一声我的名字。

"哎，我在。"我特别受不了他叫我的名字，叫得我心窝都软了。

"你说的，我可以，如果这能让你好受一点。"他低声说，"但是我希望你知道，我一点，一点，一点，都不想和你分开。"

我的眼泪一下就涌了上来。

"挂了，你要记得想我。"

电话挂了，我把头埋进枕头里，眼泪根本止不住。

我好像把所有事情都搞砸了。

之后几天，司成很乖很守约，每天只是起床跟我说一声，睡觉跟我说一声。

其实是我，想他想得不得了。

考前的最后一天晚上，他准时给我发了晚安的信息，我守着手机一晚上了，看到信息立刻就回复：宝贝，明天考试加油！我爱你！

他只回了一个字：好。

我想了想，又打字问：紧张吗？

他：不会。

该死，他就只有这么两句话吗？

我试图找话题：把明天该带的东西都准备好啊，准考证笔啊什么的。

他：这些班主任都说过很多次了。

我：那你晚上睡觉注意不要着凉了。

他隔了好久才回复我：你是不是很想和我说话？

我：没有啊，我这是考前关心，怎么了？

他说：我很想你，想得快疯了，所以不要再给我发信息了，我看到你的信息，好想好想给你打电话听你的声音。

我觉得我的心都快爆炸了。

他继续说：我睡了，明天我的手机会关机，我们考完试见。

我连忙回复：晚安。

他没有再回复。

唉，我这颗心简直七上八下的。

晚上我失眠了。

之后的两天，时间显得格外漫长。

高考结束之后，司成立刻就给我打电话了，他那边闹哄哄的，他的声音带着笑意，跟我说考完了，又问："现在可以见你了吧？"

语气还有点委屈的样子。

我真恨不得马上就冲到他面前去。

"恭喜你啊，小可爱，终于结束了。"我说，"考得怎么样？"

"嗯，也就那样吧。"他说，"分数应该够得着 985 的。"

我被他这傲娇的语气逗乐了："行，985 等着你呢。"

"但我不想去，我只想挨着你读书。"

"好哇。"我笑了，然后转移话题问他，"今天离校了吗？"

"嗯，都在收拾东西了。"

"那有人去接你吗？"

他那边顿了顿，语气有点低："我以为你会来接我的，你不想我吗？"

我"哎哟喂"了一声："我想你想得不得了，但是今天领导拉我来应酬了，可能要弄到很晚。"

"没关系。"他说，"我等你。"

我好为难："可是我一会儿可能要喝酒，我给你叫个车吧？"

他那边又停顿了一会儿，才说："那你忙吧，我自己叫车回去。"

然后就给我挂了。

我感觉他这次是真生气了。

我感觉自己的一颗心，就跟放在火上烤似的，焦灼得不行。

我晚上确实有饭局，很重要的那种，但放在从前，我就是天塌下来了都会去接他的。

那毕竟是毕业。

但也毕竟是毕业，所以我才使劲说服自己不要去接他的。

我要开始为分手做铺垫了，虽然我很不舍得。

饭局一直持续到了八点多，散的时候天已经黑了。

我喝了不少，出门路都走不直。

我看了一眼手机，没有任何信息。

吃饭的时候我一直强迫自己不要去看手机，生怕自己心软，但是这会儿发现他根本没给我打电话发信息。

他是真的生气了。

我没忍住，给他发了信息，问他到家了吗。

他隔了一会儿才回复我：还没，叫不到车。

同事说开车送我回去，我拒绝了，在附近叫了个车，上车之后司机问我去哪儿，我想说回家的，开口却又报了他学校的名字。

"现在去三中吗？"师傅问，"今天高考结束，那段路堵得很，进都进不去。"

"我去接个人。"我说，"麻烦师傅绕一下。"

"行，我知道有条小路，不过会有点远。"

"没事，去吧。"

这条路是真的远，我到学校门口的时候，已经九点钟了。

校门口都空了。

车还没停，我就看到了校门口旁的司成，他穿着一件黑色 T 恤，坐在黑色行李箱上玩手机，整个人几乎都融入了夜色中。

车停下的时候，他下意识站起来往前走了两步，看到不是空车又坐回去了。

我突然没有勇气下车了。

师傅在前面问我："您一会儿还坐我的车出去吗？"

"坐，麻烦等我一会儿。"我推门下车，那人抬眼扫了一眼，然后微微一顿，抬头望过来。

我看到他的眼睛像星星一样，忽然就亮了起来。

他拖着箱子冲过来，一下子就把我抱住了，我的鼻子撞到他的胸膛，闻到他身上的香气，我感觉自己真的醉了。

"你来接我吗？"他傻乎乎地问。

我"嗯"了一声："你只有这一个箱子吗？"

他在我颈窝嗅了嗅，微微拢眉："你喝酒了。"

"应酬嘛。"我说，"我们回家吧。"

"好。"他笑起来，语气很愉悦。

今天喝的都是红的，现在开始上头了，我晕得不行，在车上就一直靠着司成，迷迷糊糊还睡了一觉，一直到他家了，才被他摸着脸蛋叫醒。

"到了？"我问，"师傅多少钱？"

"我已经付过了。"司成说，"下车吧。"

我其实站都站不稳，被他扶着下了车，他拿着行李箱带着我上楼，我们俩还在讨论夜宵是喝粥还是烧烤，打开门，就听到一声"Surprise！毕业快乐！"伴随着礼花礼炮从天而降。

我和司成都呆了。

屋内站着两个人，看到外面两个人，也有点没反应过来，司成的声音很无奈："爸、妈，你们怎么回来了？"

那是他爸妈！还好我听到声音的时候就条件反射地站直了身子。

"本来你高考前我们就想回来了，但是公司有点事情就耽搁了，儿子毕业，我们怎么能不回来。"说话的女人望向我，笑吟吟的，"这位是？"

"是滴滴司机。"我脑子还有点晕，"送他回来的，我，我先走了。"

太尴尬了，我说完转身就走，刚好电梯还停在这一层，我溜进去了，门合上的时候我听到司成在外面叫我。

该死，叫我干什么，叫我不就暴露了我不是司机的事实吗？

我下楼的时候那个出租车司机还没走，我跟躲鬼似的上了车，把司机都吓了一跳。

回到家，我才看到手机上有好几个未接来电，还有司成的信息，问我：你跑那么快干吗？

我好奇怪：难道我要留下来等你介绍我说是你女朋友？

还好我之前走的时候，把我的东西全收走了，不然他爸妈看到我留在他家的衣物多尴尬。

司成很坦然：不行吗？

我不行，我做不到这么坦然。

如果我也是高中生，我可能至少会大大方方地叫一声叔叔阿姨再走，但是我今天化着妆，穿着职业装，一身酒气，我实在是没脸和他们打招呼。

更不要说作为司成的女朋友和他们打招呼了。

我洗了澡蒙头就睡了，第二天十一点才睡醒，摸到手机，看到司成给我发了十几条信息。

"老婆，等一下溜出来吃夜宵吗？我过去找你。"

"睡觉了吗？"

"好吧，就是想告诉你，我想你了。"

"起床了吗？"

"我爸妈非要拉我去毕业旅行，机票都买了，我一点都不想去！"

"我被拉上飞机了老婆。"

"想你，醒了记得跟我视频。"

我给他回了个信息就去洗澡了，出来的时候他已经给我拨了好几通视频通话。

　　我一边擦头发，一边接通了电话，屏幕上是他帅气到模糊的脸蛋，看他背后的景象，应该是还在机场。

　　"哇哦。"我说，"登机了吗？"

　　"都已经到了。"他说，"刚下飞机。"

　　信号不太好，屏幕有点卡："你去玩几天呀？"

　　"一个礼拜吧？"他说，"这边好美，你要不要也过来？"

　　"我要上班啊宝贝。"我露出遗憾的表情，"不然我肯定去。"

　　话没说几句，旁边就有个人凑过来："和谁打电话呢？"

　　我一看到有人凑过来，就马上挂断了电话，几乎都形成条件反射了。

　　他很快就给我发信息了，发了个问号。

　　我回他说信号差。

　　他很委屈，给我回了一大段的语音，我没有回复。

　　之后几天，我几乎都没主动找过他，他给我发信息，发海边的照片视频，我都回复得很慢，也很敷衍。

　　他当然感觉到了，给我打电话，我不接，借口说是工作忙，在加班，在应酬。

　　第五天的时候，小孩爆发了，直接就给我甩了一堆战绩截图过来，质问我："这就是你说的忙？"

　　我解释说是下班之后打两局。

　　"局局都和这个男的打？双排？"他的声音好冰冷，"还在群里撩你？当我是死的吗？"

　　"那我把他删了，以后不和他玩了可以吧？"

　　我这句话说完之后，那边沉默了一会儿，然后是他更冷的声音："你就是这种态度？"

我用更不耐烦的语气说："我要什么态度？你不要说得好像我劈腿了一样，不就是打几局游戏吗？"

"不就是？"他轻声反问，然后笑了一下，然后挂了我的电话。

下午的时候，我点进和他的聊天对话框，看到他更新了个签："不谈恋爱屁事没有。"

我和司成冷战了两天，第三天的时候，他回来了，他回来那天，我和朋友去喝酒来着，很巧，还遇到了那个和我双排的男生，那个男生在群里艾特我，问我是不是在深水，说好像看到我了。

我邀他到我们这桌来坐，他过来了，还跟我合照发群里，群里一堆人在起哄，说什么般配，奔现，我没解释，他不仅不解释，还说感觉好幸福。

然后就有人问："小姐姐不是有 CP 的吗？"

群里一下就沉默了。

"我看她 ID 是'老公我又死了'，那个'老婆你别送了'不是她男朋友吗？"

"尴尬爆炸咯。"当事人在我旁边叹气说，"我在这个群里，名声一塌糊涂。"

我忍不住笑了："请问你在别的哪个群里名声很好？"

我让他做我的几天群演，请他喝酒，他还这么多抱怨。

他笑着冲我举杯，然后突然"啊"了一声："我好像看到你的小男朋友了。"

我吓了一跳，坐在那一动不敢动："在什么地方？"

"刚进门。"他也移开了视线，"真的是，他盯着你在看，怎么办？"

我没作声。

"你犹豫了？"他问。

"我没。"

"那？"他喝了一口酒，"要继续吗？"

"嗯。"

"玩大点的？"

"啊？"我还没反应过来，他忽然伸手扣住我的脖子，把我带到他身边，然后偏头在我耳边说，"从他那个角度看过来，我们很像在接吻。"

我下意识就推开了他，但是当我回头的时候，只看到了司成的背影。

虽然隔得很远，虽然灯光很晃，但是我一眼就认出那是我小男朋友的背影。

心口木木地疼。

当天晚上我喝多了，第二天中午才起，翻出手机，司成没有给我发任何信息。

"没给你发信息吗？"我朋友得知后很诧异，"你都把他绿成什么样了，都没说要和你分手？"

我也很头疼："我不知道他在想什么。"

"我发现他也没退群欸，哇，要是我的话，昨天第一时间就退群了。"我朋友说，"话又说回来了，要是我的话，昨天遇到这种场景，我女朋友在酒吧和别的男人卿卿我我，我早就上来干架了。"

对啊，这才是男生正常的反应啊。

"你要不就直接跟他说分手呗，都到这一步了，已经够渣了，真的。"

我说不出口。

"你都冷暴力这么多天了，我说他也真是够能忍的，真是做大事的人。"我朋友继续给我出主意，"拉黑试试？或者把你们的情侣 ID 改了。"

我舍不得。

"你真的是，做又不做绝，犹犹豫豫的，干脆就再自私一点，就别分了，你又没逼他留下来，是他自己决定的，谈个恋爱把自己搞得这么伟大干吗？"

"你不懂。"

我不知道要怎么跟他说。

就是因为喜欢他，才不希望他做出会让自己将来后悔的决定，希望他能更好，也害怕他以后会怪我。

毕竟谁也不知道，他能喜欢我多久。

从那天之后，我们虽然没有说过话，但是我每天游戏上线，都看到他在线，也不打游戏，也不组队，就是在线。

有一次游戏要更新，我最喜欢的英雄出了新皮肤，我很着急，让我朋友马上给我买，生怕他买晚了被司成先送了。

结果那天我朋友忘记了，晚了两小时没给我买，我上线的时候，也没有收到任何礼物提示。

"看吧，没人会给你送礼物的。"他嘲讽我，"你都给人家绿成什么样了，还给你买皮肤？他是傻子吗？"

他话音未落，我游戏界面的小信封就出现了一个红点。

"他……给我送了。"

我朋友："……"

"怎么办？"

"要不就领了不说话，要不就不领当作没看见。"

"哪一个更渣？"

"领了不说话。"

于是我把皮肤领了，也没去跟他说话。

后来我有一天拉人的时候点错了，邀请了他，他马上就进来了。

那一局游戏我狠心挂机了。

再上线的时候，他已经下线了，之后也没上过线。

出成绩的那天，我收到了他班主任的短信，他给我报喜，说司成考得非常好，国内的大学随意挑。

我很着急，问我朋友，我们这样算不算是分手了，他应该放弃了吧，他应该不会留在本市了吧。

"不是，你对本市的大学是有什么误解吗？那也是 211 好吧，有好几个专业都是全国顶尖的呢。"我朋友又说，"而且你为什么不直接跟他说，希望他去更好的学校，不要待在你身边呢。"

"我有暗示过，但是……"

我以前有跟他说过的，我说担心自己毁了他的前程，还是希望他能去更好的学校，或者直接出国，但他很固执，也很坚持，说读什么学校在他眼里没区别。我甚至连"或者你有没有想去的城市和学校，你过去读书，我辞了职过去陪你也可以的"这种鬼话也说过，但他完全不为所动。

唯一一次，他松口过，问我："如果我出国读书，你也会跟我去吗？"

我当时就说："去啊，你去哪儿我就跟去哪儿。"

但他第二天就反悔了，说怕我远嫁没有安全感。

我简直一脸问号。

"其实是他没有安全感吧。"我朋友说，"这小孩，好聪明。我现在回过味来了，那天晚上他没有出现和我们当面对质，在群里也没有吭声，一直装作不知道，大概就是不想和你分手吧。"

我听他这么说，眼泪又开始流了。

"你别哭了。"我朋友好无奈，"天天哭天天哭的，我都害怕了。"

"对不起，但是我难受。"

"你就直接跟他说分手吧，我求你了。"

"我不行。"我哭得更厉害了，"太伤人了。"

"你觉得你现在这样不伤人吗？"我朋友鼓励我，"你都快三十岁的人了，坚强一点，成熟一点，放过人家小弟弟好吗？"

我抽噎着点头，拿起手机，又没办法打出那几个字："还是你帮我吧。"

"手机给我。"我朋友实在是看不下去了。

"不是，用你的号跟他说。"

他："……"

他抽了根烟，然后在 QQ 上私聊司成。

我等了好久，没听到动静，就抬头问他："怎么样？说了吗？"

"说了。"

"怎么说的？"

"我说你要跟他分手。"

我的心一阵钝痛："他回复了吗？"

"嗯。"他把手机丢给我，"自己看。"

屏幕上是司成发过来的几个字：你让她当面对我说。

我一下子就崩溃了："为什么要这样逼我啊？"

"你觉得有没有可能，他已经知道了？"我朋友问。

我没有勇气见他，更没有勇气当面跟他说分手。

我盯着和他的聊天对话框发呆，一时间想不出该怎么处理，然后手机突然响了起来，是他拨过来的电话。

我一看到他的名字，就有点失控了："他打电话来了。"

"嗯？你要接吗？"

"我……"我尝试去接，但是不行，"我会哭的。"

电话响了一会儿，我朋友当机立断帮我接了，他"喂"了一声之后，那边一阵静默，大概隔了五秒钟，我才听到司成有些沙哑低沉的声音，问："她在吗？"

我那一瞬间，真的觉得拿刀子捅我可能都没那么痛吧。

我朋友看了我一眼，说："现在还不太方便，她在睡觉。"

司成没有作声了。

"你要和她说话吗？我叫醒她？"

然后他也不管司成回不回答，就对我说："宝贝醒醒，有你的电话。"

我只能打起精神来应付，对着电话"嗯？"了一声。

司成在那边安静了好久，才轻声说了一句："你有必要做得这么过分吗？"

然后就把电话挂了。

这样算分手了吗？

这样算分手了吧。

他应该会离开这座城市吧？

我删了游戏，删了他，退了群。

我朋友还在群里，天天跟我哭诉："今天又被人明里暗里讥讽我是小三了嘤嘤嘤。"

"群里有个妹子好不要脸哦，天天追着司成跟人家讲话。"

"那个妹子在群里跟司成表白了，我惊了……"

"司成都没理她哈哈哈哈哈。"

"司成也被那个妹子烦得退群了，要笑死我哈哈哈哈哈。"

每次听到他跟我说有关司成的事，我的心都好痛，但是又忍不住地想听，我还拿他的手机看过群消息，翻来覆去地看他说过的几句话。

但自从我退群之后，他就只说过几句话。

妹子艾特他打游戏，他回：不打。

妹子问他游戏的铭文问题，他直接给链接让人自己去看。

还有一次，是我朋友在群里跟别的妹子聊骚，他直接在群里问我朋友：你和她分手了？

我朋友气死了，说他难得撩到一个小妹妹，被司成这么一问，人家就给他拉黑了。

高考志愿填完之后，我同事结伴去寺庙祈福许愿，说那有一棵状元树，很灵验的，我平时根本不相信这些，但这次我跟着他们一块去了。

我跟着她们买了祈愿带，然后写上了心愿，系到了树上。

也是太巧了，我系完了带子，一扭头，就看到了司成。

他穿着一件白 T 恤，戴着黑色的鸭舌帽，就站在不远处，静静地看着我。

我蒙了，条件反射般扭头就跑，跑到门口，又想到自己写的带子，很担心被他看到，回头看到他已经进庙里了，连忙跑回去找我的带子，却翻来覆去都没找到。

想着他应该没有这么无聊拿走我挂的带子吧，就听到他的声音在我耳边响起："你找这个？"

我回头，看到他手上拿着我的那条带子，我简直不知道该摆出什么表情来面对他："你为什么要把别人的祈愿带拿下来，怎么这么没有素质！"

他被我凶了，表情都没有一丝变化，还轻声反问我："'希望我的男孩能考上理想的大学，前途无量'是什么意思？"

"没什么意思，我男朋友最近也高考。"

我说完伸手去抢我的带子，但是他侧了一下身，躲开了我的手，望着我："你男朋友，工作了。"

"另外一个。"

他微微一愣，然后笑了："你还真是……"

真是什么？真是喜欢劈腿，还是真是喜欢弟弟？我不知道，他反正也没说完，把带子还给我之后就走了。

我重新郑重地把带子系回了树上，还拜了好久，希望神仙莫怪。

出去的时候，我又看见他了。

我坐我同事的车，他和他舍友骑自行车，一群年轻人蹦蹦跳跳好不热闹，还有个女孩子贴着他骑车，不知道说了什么，司成停了下来，然后那个女生下车去翻他的书包。

司成没把书包拿下来，也没自己找，而是站在那儿把背让给人家，让别人翻他的书包。

我当时看到这一幕，整个人完全崩溃了，我受不了，特别受不了，还好车子很快就开过去了，不然我肯定要疯掉。

当天晚上，我又出去喝酒了，喝到后面什么都记不清楚了，我朋友来接我，我哭得稀里哗啦，他说我是自作自受。

他根本不懂，他怎么会懂呢。

我一直睡到第二天中午才起。

我朋友一边骂我，一边给我煮了粥，我跟他说了我昨天看到的情景，他告诉我，没有人会一直在原地的："这种小年轻，恢复情伤是很快的，倒是你，这么久了，还不打算走出来吗？"

我也已经决定，忘掉他，重新开始生活。

之后几天我都乖乖在家，追剧敷面膜打扫卫生，一切酒局都推掉了。

这样待了几天之后，有天晚上我不小心点进了游戏。

我手机上的游戏都卸载了，但是追剧用的 iPad 还没卸载，游戏界面一出来，我就有点心痒。

我用小号登录了，一进去，就被我朋友邀请了，我下意识拒绝了。

我朋友马上给我打电话，问是不是我上线了。

"我就是上去看看。"

"进来一起玩啊。"他使劲拉我。

"我不是很想玩。"我说。

"不想玩说明你心里还有那个男生哦。"我朋友说，"宝贝你要勇敢地迈出来，来，进房间，我们内战呢，缺个给力的中路。"

我于是就进去了，进去之后连两边是谁都没看清楚，就直接进游戏了。

他们禁了四个英雄，四个都是刺客型英雄，我悄悄问我朋友："对面有很厉害的刺客吗？"

我朋友傻乎乎的："对啊，你不知道，上一局，我们被秀得叫爸爸。"

"那你还叫我进来打中？揍揍吗？"

"别怕，我玩坦克英雄保护你。"

进去之后他还很开心，说："太好了，对面刺客爸爸这局不玩刺客了。"

"那他玩什么？"

"他玩中哈哈哈。"

我简直一万个无语："那不是和我对线？我去，一般玩刺客玩得好的，玩中更厉害啊！"

事实上我说得一点都没错，对面中单一直压线，随便往我身上戳几下我就半管血了，打得我难受。

我朋友笑得不行，一直给我发信号，让我塔下清兵就好。

"我小号没铭文，很难。"

"我过来帮你。"

他过来的时候，我们另两个队友也在，结果我们四个人都没抓到他，我还被反杀了。

我惊了："为啥啊？我站最远，为啥就我死了？"

我朋友还说："别怕，我给你报仇。"

结果是他被揍得满头是包，他一个坦克，被中单打得屁滚尿流。

"我怎么觉得我被针对了呀。"他还很纳闷。

中间有一次，我想躲对面人物的技能，结果反而不小心闪现进了他的技能里，被打得只剩一丝血，跑又跑不走，以为自己必死无疑的时候，对方却忽然收了手，还绕着我转了几圈。

这是，在嘲讽我吗？

我有点恼火，控制消除之后，也不走，一通技能往他身上丢。

很可惜，所有技能都被他躲开了。

我于是很没出息地滴溜溜地跑回了塔下。他也不走，就在塔外溜达。

"我去，"我朋友说，"你是不是被调戏了啊？"

说实话，我感觉是有点奇怪。

我朋友马上在游戏里发全部信息，贱兮兮地问：对面中单是不是看上我们家中单了？

对面没有理他，但是之后他几乎都没抓过我，团战的时候，看到我残血，不仅不打，还一直跟着我，直到我进塔。

后来我直接就站在他面前回城，他也没碰我一下。

但即便是这样，我们这局还是输了。

他一个人四杀了，留我一个人在那儿，连超级兵都打不过。

最后输的时候，他敲字问我：下把你玩什么？

我朋友抢着回答：中中中，多多关照。

于是第二局，他还是玩中。

还是像上一局一样逗我玩，我杀也杀不死他，只能默默忍受他，我朋友也是很无聊，蹲在中路的草里看我们玩，还冷不丁地问一句：小哥哥真的不要微信吗？

他回了一句：嗯。

我朋友问我："嗯是要还是不要的意思？"

我："你别搞了，回你的上路去，上路塔没了哥。"

他："好，我发个微信就上去。"

我："别发，真别发，我感觉……"

我话还没说完，他就已经把我的微信号发出去了。

在我的微信号出现在屏幕上的那一瞬间，我感觉站在我面前的人仿佛卡了一下，就站在那儿静止了一秒，下一秒，他就对着我疯狂输出，一顿乱揍，我吓得都闪现回防御塔了，他还追过来打我。

最后我被他打死了，他也被塔点死了。

我朋友吓了一跳："我去，这是怎么回事？"

我望着屏幕没有说话。

他敲字问对面：咋给了微信还打人呢？这微信号和你前女友的一样吗？

对面淡淡地回了一句：手滑。

接下来的一局游戏，他向我们展示了手滑杀人这个绝技，我各种在塔里被他打死，毫无还手之力，一整局游戏下来，我被他杀死 12 次。

复活之后我都不想走出水晶了。

"我不想玩了。"我在语音里和我朋友说。

"为啥，还有得打，后期我可以弄死他的。"我朋友劝我，"你别放弃，快去勾引他。"

"我感觉他是司成。"

我朋友愣了："啊？不是吧？"

"打法很像，我前面就想说了，但是觉得应该不会这么巧。"

"我晕了，你等等，我去问问看。"

其实根本不用问，我的直觉太准了。

他去问了，然后回来告诉我，果不其然，那就是司成。

我直接就退出了游戏。

谁还能有我倒霉啊。

"那算了，别打游戏了。"我朋友安慰我，"要不你出去散心？你不是还有年假吗？趁着这段时间，去旅游？"

这倒是个好主意。

我买了第二天的机票，晚上打包行李的时候，有快递上门，有人给我寄了一份文件。

我以为是什么广告还是发票，打开才发现是一份录取通知书。

司成的，本市一所大学的录取通知书。

我愣了好久，对着那通知书研究了好久，使劲辨别真假。

我以为是我朋友搞我，打电话去问，他发誓他没做这么无聊的事。

"他为什么把通知书寄你家啊？"

"重点不是这个。"我都快哭了，"我做了那么多努力，结果他还是没去别的学校，还是留下来了。"

"那既然事情已经成定局了，你快去找他啊！"我朋友急死了，"这多好，他自己的选择，与你无关。"

我："……"

我虽然一直打嘴炮说，等他录取了，我马上就去追回他，但实际上，我根本拉不下脸去找他复合。

那是"出轨"，不是吵架。

"那你至少得把通知书还给人家吧，你不给他，他真的学都没法上了。"

他说的很有道理。

我添加他的微信，因为怕他不加我，所以在添加原因那就说明了，他的通知书寄我这里来了。

他通过了我的好友申请。

我紧张得好像第一次奔现那样，手足无措，不知道该跟他说什么。

屏幕上显示他正在输入，隔了几秒，他发过来一句话：怎么会寄到你那儿？

我怎么会知道？

我问：怎么给你？

我还在打字：寄去你家？

他就先发了一句话过来：我一会儿过去拿。

两句话几乎是同时出现在屏幕上。

我愣了，他也过了一会儿才问：现在不方便去你家吗？

我：不是！

语气好像有点重。

我：那你过来呗。

好像太随意了。

我：我给你拿过去也行。

他：我在你家附近的那个超市买东西，一会儿过去。

我：好的。

我放下手机立马跑进房间，换衣服洗脸打粉底喷香水，慌得不行，他咋说来就要来啊？

而且他来得还贼快，不到十分钟吧，我家门铃就响了。

我心跳得都快出来了。

我打开门，他就站在门口，还冲我笑了一下："嗨。"

这个笑容，我真觉得，冰山都能融化吧。

我也"嗨"了一声："等一下，我拿通知书给你。"

我转身去客厅找通知书，找到后回头的时候，他已经进来了。

"喏。"我把东西递给他，他没接，看了看我身边，问："你要出门？"

我的行李箱就摆在客厅："嗯，去旅游。"

"什么时候？"

"明天。"

"和你男朋友？"

我一下子不知道要怎么回答这个问题了，他现在通知书都到了，我也没有撒谎的必要了吧。

"你分数这么高，为什么不去更好的学校？"我反问他。

他幽幽地看着我说："你说为什么？"

我望着他说不出话来。

"你一开始，真的把我伤得不轻啊。"他轻声说，"我在酒吧看到你们俩在一起，我都不想活了。"

我一下子眼泪就流出来了："对不起……"

"那段时间我好恨你，又舍不得开口说分手，一直想着你应该会更喜欢我一点，应该会回头来找我，所以一直等你。"他伸手来抹我的眼泪，"我有一天很想你，偷偷来你家看你，我躲在消防通道里，正好那天好像你钥匙丢了，然后你一个人蹲在门口等朋友送钥匙过来，就是你那个'男朋友'，你一看到他就崩溃大哭，你说你很想我……"

我本来在哭的，一听到他说这个，又很难为情，我那么丑的样子居然被他看到了。

"我就猜到你在演戏骗我，但是说真的，就算是演戏，看到你和他靠这么近天天一起打游戏，我还是好生气。"

"那如果，"我抽抽搭搭地说，"如果你没来找我，或者我那天没丢钥匙……"

那他还会原谅我吗？

"那天不是填志愿嘛。"他说，"其实我在去找你之前，就填了志愿，填志愿之后，我有去找过班主任，我问他是不是跟你说什么了，他没有承认。我就跟他说：'连我爸妈都不能决定我要去哪儿，要读什么学校，你凭什么替我做决定。'他才说他是为了我好，我就知道，你是因为他跟你说了什么，才会这样的。"

我愣了愣："意思你填志愿之前，你什么都还不知道，以为我是真的抛弃你了？就这样，你还填了本市的大学？"

"是什么都不知道，但是……"他笑了一下，"我不知道为什么，就觉得我们俩之间不应该这样结束，你看起来真的不像渣女。而且本市的大学也很好啊，我妈妈就是那个大学毕业的。"

"如果我真的是呢。"我问。

"渣女吗？我不知道，但是就是很不对劲。"他说，"反正当时就是不舍得离开这座城市，你是渣女我也认了吧。"

我又想哭了。

"本来不想告诉你的，想让你的负罪感不那么强。"他说，"但是现在想想，为了避免以后你真的会抛弃我，还是留下来让你继续觉得内疚吧，这样你这辈子都不好意思离开我了。"

我哭得不行，话都说不出来了，他不再帮我抹眼泪，定定地望着我问："那我现在可以抱你了吗？"

我疯狂点头："快抱我，我好想你啊。"

他笑了一下，狠狠把我揽进怀里，声音缱绻："我也，好想你啊。"

"我不想，呜呜呜，我不想影响你对未来的选择。"我泣不成声，"你值得更好的。"

"更好的就是你。"他亲了亲我的耳朵，声音好温柔，"读什么大学对我来说没有区别，只要你在身边，我就是读专科，也能好好读的。"

我真的完了，我感觉我再也离不开他了。

"我从来就不想出国的，我想读的专业，也确实是现在这个大学的比较好。"大概是看我太过内疚了，他又反过来安慰我。

"真的吗？"

　　他嗯了一声，又很自负地说："我这么优秀，在这边读书，奖学金会多一点吧？"

　　我被他逗笑了："你差这点奖学金嘛。"

　　"如果我真的去了别的城市读书，你怎么办？"他又低头来问我。

　　"我肯定要追回你啊。"我说。

　　"可是我不喜欢异地恋，我一分钟都不想和你分开。"

　　"你别说了，我眼泪都停不住了。"

　　他笑了："明天要去哪儿？带上我好不好？"

　　"嗯。"

　　"老婆乖。"

♥♥♥ *Chapter 4* ♥♥♥

偶　遇　计　划

　　赵染最近每天都能收到几十条辱骂私信，骂人的话几乎不带重复的，骂人的也是同一个人。

　　他平时也没少被骂，但是这个小姐姐骂起人来特别可爱特别温柔，所以他格外留意。

　　赵染是垃圾营销号：垃圾营销号，给点钱就什么都能发，请你立刻原地爆炸。

　　赵染好好做个人吧：赵染今天做人了吗？

　　她两个号轮流换着发，还带了话题，天天刷。

　　小姐姐的号看起来像是小号，微博里面除了骂他的和转发骂他的话，别的什么都没有。

　　不过细心的赵染还是从她某一个号里的头像专辑看到了她的照片。

　　眼睛圆圆的，很像他养的小猫西米。

　　他对小女生都凶不起来，也从来没有挂过骂他的粉丝，所以每次小姐姐骂他，他都会回个爱心或者笑脸。

　　这时候小姐姐就会骂他不要脸。

赵染是个微博段子手，平时就是写写段子，秀秀他的猫，接点广告，和寻常的段子手没有什么差别。

他的粉丝也就五十多万，实在是想不到自己为什么会招到这个黑粉。

难道是他的真爱粉？爱而不得，所以爱到深处自然黑？

嘻嘻。

周末小姐姐没有给他发私信骂他，赵染皮痒痒的，主动去问她：今天怎么不骂我呢？

小姐姐隔了一会儿才回复：今天考六级，在刷题，晚点再骂你这个小垃圾。

赵染发了一个贱兮兮的表情包过去：等你哦。

想了想又回：祝考试顺利。

晚上小姐姐才回复，上来就骂：你是不是有毒？你故意的吧？

赵染：？

小姐姐：你说完考试顺利，老子的耳机就坏了，听力一个字没听见。

赵染：……对不起。

但是他真的想笑。

小姐姐：好在老子只是刷分，考不好就算了。

哦，小姐姐还是学霸呢。

小姐姐又问他：你睡过粉吗？

赵染：……没睡过。

小姐姐：那你想睡粉吗？

这都是些什么乱七八糟的问题啊？

赵染：不想睡，不过如果是你的话，那我可以给你睡。（害羞）

小姐姐：呕！天哪！你要点脸行不行？你要恶心死我，呕吐！

赵染：哈哈哈哈。

小姐姐：长那么丑，这辈子就别想睡粉了。

赵染：说实话，我很丑吗？

他发了一张照片过去。

小姐姐很怀疑：又是从哪里偷的网红图？

赵染：是我本人啊，我以前做过直播的，你可以去网上找截图。

她找了一堆他直播时被人截屏做下的表情包发过来，并说：呕，天哪，真的丑！

唉。

赵染截图发了微博，带了一个话题——强撩一个黑粉。

粉丝全都在笑，还说小姐姐超可爱，想去粉小姐姐了。

小姐姐很生气：这明明是我套出来的你想睡粉的证据，你凭什么当作段子发微博？

赵染：对不起。

小姐姐：我一定会找到你睡粉的证据的！你等着！

赵染：哎哟我好害怕。

姜沈童去咖啡店蹲了差不多一个礼拜，天天点一样的果汁和蛋糕，坐在能看到吧台的位置，对着戴鸭舌帽的点单男人抛媚眼。

男人除了第一天看到她的时候多瞄了两眼，其余时间对她可以说是视若无睹。

姜沈童鼓起勇气走过去问他："请问你是不是微博段子手赵染？"

赵染："嗯？"

姜沈童："我是你的粉丝，我超喜欢你的！"

男人笑了一下，很是明媚："谢谢你。"

姜沈童脸红了："我能加你微信吗？虽然很冒昧，但是我真的很喜欢你！我为了你来这儿喝了一个礼拜的果汁呢。"

"可以啊。"赵染把微信二维码递过去，"你喝点别的吧，我请你。"

姜沈童加到了自己的偶像，这顿还是他请客，她高兴得发了好几条微博，还艾特了赵染。

赵染在下面点了赞。

这条微博被更多人看到了，都在说要来偶遇。

于是赵染的店生意又小小地火爆了一下。

他这家咖啡店是一年前开的，他平时也经常宣传，但是要撞见他还得看运气，像姜沈童这样一个星期都能撞见他，真的可以买彩票了。

之后姜沈童每天都在撩赵染。

不是在微信里和他说早安、晚安、吃饭了吗，就是到他的咖啡店给他送吃的。

有时候他不在店里，她还会等他一会儿。

可谓持之以恒，就连店员都问赵染这个小姐姐是不是在追他。

赵染苦笑。

他现在是一边享受着姜沈童的和风细雨，一边享受着微博黑粉小姐姐的疾风骤雨。

就这样互相撩拨了一个月之后，姜沈童终于约他出来看电影了。

赵染答应了，还补了一句："只是看电影哦，我不约的。"

姜沈童很无奈："谁要跟你约啊，我只是你的粉丝，又没有暗恋你。"

"那我也不睡粉。"

姜沈童："哈哈。"

电影挑得也很合他的口味，赵染以为她是迁就他，结果去了电影院才发现，女人看得比他认真多了。

电影结束的时候姜沈童才回头，然后看到赵染一直在盯着自己。

她有点莫名："你干吗看我？"

"觉得你很可爱，我可以亲你吗？"

姜沈童脸红了，也没拒绝，任由赵染凑过来亲了她一下。

很温柔很克制地在她唇角亲了一下。

恰好影院的灯光亮起来，赵染的余光瞄到前座的女孩在偷拍他们。

走的时候赵染牵她，她也没抽手。

他以为自己睡一觉起来会看到自己上热门，被刷人渣、骗炮、睡粉什么的，结果安安静静，什么都没有。

姜沈童也没有来找他，黑粉小姐姐也没有来骂他。

他等了一天，中午给姜沈童发信息的时候，才发现自己被拉黑了。

他只能去微博私信黑粉小姐姐：姜沈童，蛋糕师今天做了你喜欢吃的杧果千层，你不来吃吗？

黑粉小姐姐：？？？

赵染：微信拉黑我是什么意思啊？

黑粉小姐姐：你怎么知道是我？

赵染：一直都知道呀，你微博头像专辑里面有你的照片哦。

黑粉小姐姐：……所以我第一天去你的咖啡店你就知道了？那你还加我微信？你知道我接近你是为了找你睡粉的证据的吧？

赵染：知道啊，所以呢，你不是有证据了吗？为什么不发？

黑粉小姐姐：……因为我发现我喜欢上你这个人渣了。

赵染盯着手机屏幕，笑得眉眼弯弯。

黑粉小姐姐还在继续骂：垃圾营销号！我怎么能喜欢垃圾营销号！

赵染：其实，我不是营销号啊，哈哈哈。还有，我能问你为什么这么讨厌我吗？

黑粉小姐姐：你真的不知道？前两个月，你发了一个"网恋被女大学生骗钱"的微博，造谣我和人家网恋骗人家钱，虽然我知道那是人家给你投稿的，但是你至少也要核实过再发出来吧？那个聊天记录和转账截图都是 P 的，你一个微博大 V，几十万的粉丝，你知道你有多大的影响力吗？我这段时间在学校一直被人家指指点点，我能不恨你？

赵染：等等，我不记得我发过这条微博啊。

黑粉小姐姐：我找给你看。

过了一会儿黑粉小姐姐又说：找不到了，你删掉了吧？

赵染：我真没发过，你是不是搞错了？

黑粉小姐姐直接发了个截图过来：你还说不是你？

赵染定睛一看，差点没笑死：小姐姐，你……你看清楚点，这个是赵柒，我叫赵染，OK？不是一个人。

黑粉小姐姐：？

黑粉小姐姐：……

黑粉小姐姐：对不起，打扰了。

赵染笑得不行：你怎么这样，逮着我骂了两个月，一句对不起就完事了？而且人家说得没错，你就是网恋欺骗人感情啦。

黑粉小姐姐：我欺骗谁了？我和谁网恋了？

赵染：你欺骗我了，你和我网恋了，你还想睡我呢，还好我把持住了。

　　黑粉小姐姐：……对不起。

　　赵染：你迅速到我的咖啡店来给我道歉，不然我也微博挂你!

Chapter 5

连错了楼下小哥哥的蓝牙

我突然发现我家楼下搬进来了一个长得很好看的小哥哥。

那天我提着大包小包进电梯的时候，小哥哥还绅士地帮我挡了一下门防止我被正在合上的门撞到，看我不方便，还问我住几楼。

"16 楼，谢谢。"

小哥哥的手指顿了顿，而后才帮我按下楼层。

我才发现小哥哥之前按的楼层是 15 楼，也就是说他住在我家楼下。

两天之后，小哥哥来敲我家的房门了，而且是晚上十一点。

我开门的时候都没反应过来。

"你好。"小哥哥开口，声音温柔，又有点紧绷，"是你连错了我家的蓝牙音响吗？"

我：？？？……！！！

"我连你家音响了！？"

"应该是……"小哥哥耳朵红红的，"是你在看电影对吧？"

"难怪，我说我新买的音响是不是有问题，这几天一直在找客服退货呢！"

我那天买回来就连上了，就是一直没声音，看来是和小哥哥买了同一款音响，他应该没有改密码，所以我给连上了。

"对不起对不起！！！"我觉得非常抱歉，我记得自己前两晚很晚都还在放音乐试音响。

"没事。"对方笑了笑，"你歌单里的歌都还蛮好听的，就是第一次连上的时候我在洗澡，听到房间有音乐给吓了一跳。"

小哥哥走了之后我才反应过来，他找上门来的前两分钟，电影刚好发展到男女主角在啪啪啪，国外的电影拍得露骨又完整，鼓掌的戏份长达三分钟。

所以，小哥哥在楼下听完了全程？

我想去天台吹吹风。

我关了 iPad 的蓝牙之后，发现十分钟之前我们小区的业主群里有人在问：谁家蓝牙连错了？

说话的人的备注是 7-8-1501，就是我楼下的小哥哥。

我发了一个尴尬的表情过去。

小哥哥秒回了一个可爱的笑脸。

我添加了小哥哥的微信，对方很快就通过了。

我没好意思发语音，发了个表情包过去之后就打字给他：我想了想，还是觉得有必要解释一下，我刚刚没在看小电影，就是一部电影，只不过有床戏而已。

小哥哥回了一个捂脸的表情，然后说：我知道，小电影不是这样的。

我有点点脸红，也有点点好奇：不是吗？我感觉没差啊。

小哥哥很认真地回复：有的，这个怎么说呢，演的和真的，还是有区别的。

我发了一个震惊的表情过去：小电影不是演的？是真枪实弹的？

小哥哥又发了个捂脸的表情过来：你不知道？？？

我当然知道，我不仅知道，我还看过不少，但是为了能和小哥哥有话题聊，我当然心机地装纯啊。

"我不知道啊。"我回了语音过去，"哇，有点想看，你们男生都是从哪儿找的资源？"

"不告诉你。"小哥哥也回了语音过来，"小妹妹看看电影就好，成人电影不适合你。"

"我已经成年了。"

"十八岁了？"

"十九。"

"下次看到适合的，"他的声音带着笑意，"我分享给你。"

"谢谢哥哥。"

"不谢，把你的歌单分享给我就好了，毕竟你把蓝牙关了，我就听不到你的音乐了。"

我二话不说就把我的歌单发给了他。

小哥哥很感动，当即表示明天给我找资源。

小哥哥动作很快，第二天就跟我说找到资源了。

"最新番，我朋友发给我的，我还没看，你要不要看？"

我："要！"

他给了我网盘链接。

点进去看了两分钟之后我就关掉了，这也太索然无味了吧，小哥哥应该是怕我接受不了，所以才发了一个这么清汤寡水的过来。

我过了十来分钟才回复小哥哥：呜呜呜。

小哥哥：？

我：难受。

小哥哥：看了？

我：看了……

小哥哥似乎有点忐忑：怎么样？

我：有点恶心……我这一礼拜都不想再看到男人了。

小哥哥发了个捂脸的表情过来，说：对不起。

我有点过意不去，但还是坚持把戏演完：你快陪我聊聊别的，让我忘记那些画面。

小哥哥特别善良特别可爱，还真的陪我聊了一宿。

这就直接导致了我们俩第二天都差点爬不起来，在电梯相遇的时候还看着彼此傻笑了好一会儿。

"唉，我今天还要去见客户的，这黑眼圈可怎么办。"小哥哥很惆怅。

"我有遮瑕。"我憋着笑说，"你要不要？"

"什么叫遮瑕？那个什么粉底吗？"小哥哥皱眉，"我不要，男人涂粉底娘们儿兮兮的。"

"有区别的，不会打完整个脸。"我说，"你试试嘛，不舒服再擦掉。"

在小哥哥犹豫的时候，我已经掏出了我的遮瑕笔："来嘛。"

他忍不住笑了一下："行吧。"

我凑过去比画了一下："你太高了。"

他已经低了头，但我举着手也不好下笔，于是他又弯了弯腰。

"对啦，就是这样。"我直接上手捏住了他的下巴，踮脚在他眼睑处打遮瑕。他垂着眼眸，然后闭上了。

不知道是因为害羞还是因为懒，他耳朵又红了。

真是让人忍不住想偷亲。

我下笔很轻，所以涂了很久，一直到电梯到一楼了我都没舍得收回手。

电梯叮的一声门开了，电梯外站着几个人，有晨练回来的老人，有买菜回来的大妈，看到这么多人，我才恋恋不舍地收回手松开他："好了。"

"遮住了？"他拿出手机想看一眼，抬眸看到电梯外，微微愣了一下，"妈。"

我？！

买菜的大妈看起来还算淡定，只瞄了我一眼，就按着电梯进来了："今天这么迟？"

小哥哥有点尴尬："嗯。"

我也觉得尴尬，太尴尬了，所以低着头飞快地跑走了。

我也太倒霉了吧，第一次调戏人就撞到人家长了。

我没好意思再找小哥哥聊天，他倒是先来跟我道谢了，说我的粉底很有效。

"那是遮瑕……"

"哈哈。"

我盯着屏幕，还在想要跟他说些什么的时候，他先发了一句话过来：我找到了一部女性向的片，有剧情，男主很帅，画面也还可以，你要不要看？

我一下子就乐了。

他还顺便发了男女主的照片及剧情简介给我。

我：发来发来。这个应该 OK。

他立刻把链接发给了我，又说：你如果……觉得不适的话，可以找我聊天，我陪你。

我：感动了。

他这次发过来的片比上次更加寡淡，不过确实是女性向，我勉强看了半小时。

返回微信才看到他已经发了信息来问我片怎么样。

什么怎么样，这些对我来说就是动画片。

我回复：还行，没那么恶心了。

小哥哥：那你还需要聊天吗？

我开玩笑说：所以你每天给我分享小电影就是为了要和我聊天吧？

小哥哥：你才发现吗？

我一愣，然后把脸埋进枕头里，看小电影气都不喘的人，现在脸都红了。

小哥哥又说：你知道我为了给你找这破片，花了多少时间吗？还被兄弟嘲笑了，说是男人就别看这么幼稚的。

哈哈哈哈哈哈哈哈。

我们又聊了一会儿，然后他说要加班，我就不再烦他了，看了一会儿剧，熬了一会儿夜，失了一会儿眠，第二天出门又是晕晕沉沉的，小哥哥进来的时候我都没发现。

"哎？"他在我面前打了个响指，"昨晚又熬夜了？"

我看了他一眼，迷迷糊糊地"嗯"了一声："看了一晚上片。"

电梯里静了一瞬，他明显愣了一下，然后笑了."这也能看一晚上？"

我猛地醒了过来："啊，不是，不是！"

小哥哥笑意更深了。

"我追剧来着！"

"噢。"

电梯到了，小哥哥笑着出了电梯。

"真的不是！"我追出去，急死我了，我这塑造了这么久的纯洁形象啊。

"其实没什么的。"小哥哥憋着笑说，"你能看一晚上，我很开心，那说明我给你找的资源不错。"

"我都没看三十分钟就关了。"我说。

"噢，还是不合你胃口？"

"也不是，就是……"我说，"我这么纯洁，可能真的看不来这些东西。"

他点点头："单曲循环听了一晚上小黄曲的人，纯洁得不行。"

我震惊得不行，整整有一分钟都没做出反应。

他停下来看我："在哪儿上班？我送你过去。"

"我没上班啊，我才十九岁。"

"嗯，十九岁天天在朋友圈发理财文章。"

我："啊？对不起，我忘了屏蔽你了。"

"没事，看看这些也挺好，你做理财的？"

"在证券公司上班。"我说，"欸，我什么时候听小黄曲了？"

"就你第一次连我蓝牙的时候，我在洗澡，冷不丁一下……在哪儿上班？"

"悦海大厦。"

"顺路，我送你过去吧。"

"那哪里好意思。"

"不好意思就请我吃个早餐吧。"

"时间来不及了，晚餐怎么样？"

他笑了笑："可以的。"

聊开了之后，我放松了不少，在他车上吐槽了一通。

"你看那些真的是，十六岁小男孩都不会看。"

小哥哥笑得不行："那行，以后我跟着你看。"

"嗯，以后一起看。"

他笑着看了我一眼："今晚？来我家吧，我家有投影和音响，观影效果很好。"

我既兴奋又害羞，问他："几点？"

小哥哥："八点？"

我："OK。"

晚上我换了一套连衣裙，又化了淡妆洗了头发，把自己弄得香喷喷的，去敲门的时候还满腔期待，门开之后瞬间呆滞。

好家伙，他家一屋子的人，这是在开趴体吧？

屋子里的人看到我之后就开始起哄。

"我去这狗王居然邀请了妹子。"

"是谁说黄金单身夜永远不请女士的？你这个垃圾！"

我才发现一屋子都是男生。

"那你们走。"小哥哥毫不留情地说，"我本来就没叫你们，是你们自己忽然跑上门来的。"

"唉，看来是我们不识趣了，伤心了，狗王要脱单了，基地将不复存在，走了走了。"

话是这么说，但是我看那几个人根本就没有要离开的打算。

看来小哥哥原本只是邀请了我要和我"二人世界"的，只是被临时跑来的兄弟们打断了计划而已，这让我有些安慰了。

"小姐姐，过来坐，我们有很多吃的，你能喝酒吗？"

桌子上摆了两大盆小龙虾，还有烧烤、零食水果，桌边还放了一桶冰块，桶里冰镇着西瓜和啤酒。

这群人真会享受。

"她不能喝。"小哥哥替我回答了，"你们也别喝太多，看完电影马上走。"

"哇，这个人真的是，有小姐姐了果然不一样。"

"以前是哪个狗，天天叫我们留宿陪他的？"

"闭嘴，看电影吧。"

有人点了开始，片头出来的时候我才后知后觉："我们看恐怖片吗？"

"对哦，经典恐怖片，你看过吗？"

我当即站起来要走，被他拉住了，我站着，他坐着，仰着脑袋看我："嗯？"

不夸张地说，我真的瞬间就驱散了恐惧。恐惧算什么，跟小哥哥一起看恐怖片，不是更好吃豆腐吗？

"我不敢看。"

他们在旁边笑："别怕，你小哥哥保护你。"

小哥哥："没那么恐怖，他们吓你的，坐吧，陪我看。"

我在他旁边坐下了。

他细心地给我在后背放了靠枕，又给了我一个抱枕让我抱着："害怕你就吃东西。"

最后我因为害怕，吃了大半盆的小龙虾，基本上就没往投影瞄过。

最后终于片尾了，我才松了一口气，结果刚抬头就被片尾突然出现的鬼影彩蛋吓了一跳，手上一整只小龙虾都抛出去了。

电影结束之后小哥哥的朋友们都很迅速地溜了，他一边骂一边收拾客厅，我要帮忙却被他拦住："你坐着就好了，冰箱有酸奶喝不喝？"

"不喝。"我亦步亦趋地跟着他，"不敢一个人待着，我怕。"

"别怕，我等会送你上楼。"

"好。"

他收拾完之后就送我上楼了，其实就一层，电梯等半天等不来，他提议走楼梯，被我拒绝了。

"走楼梯也太吓人了，你没看过那个电影吗？在楼梯里被困住的人，走二十年都走不出去。"

"……好，我们等电梯。"

电梯到的时候小哥哥迟疑了一下，没有立即走进去。

"进去啊。"我说。

"可能会超重。"小哥哥说。

我："？？？"

"我们等下一趟吧。"

我被他吓得毛骨悚然："为、为什么？"

小哥哥："你没看到一电梯人吗？"

我感觉自己头皮都炸了一下，"啊"地叫了一声，转身就要跑，然后被他抓住手腕："对不起……"他憋着笑说，"我逗你的。"

我："……"

"真吓到了？"小哥哥慌了，"怎么还吓哭了呢？"

"我是真的怕……"我揩掉泪花，"我从来不看恐怖片的。"

"对不起对不起。"小哥哥擦掉我眼角的泪滴，看起来内疚得不行，"我还以为你又在演呢，还说如果我不想办法把你留下来就太不解风情了。"

"我没有。"

小哥哥挺不好意思的："那我送你上去。"

我死活不愿意进电梯了："我怕。"

"别怕，里面什么也没有，我刚刚骗你的。"

"我怕。"我坚持说。

现在其实不怕了，但是我要是不装作怕的样子找借口留下来，就是我不解风情了吧。

"那……"小哥哥犹豫了一下。

我望着他。

"再进去坐坐？"他试探着说，"我放点别的片看，给你做水果沙拉吃。"

"什么片？"

"搞笑的，或者动作片。"

"有没有那种女性向的片？"

他一愣，然后笑了："你想看也行，我就怕我自己受不了。"

"哈哈哈。"

最后我们选了个动画片看，我们一边看一边聊天，也不知道是他更有趣一点，还是电影更有趣，我笑了一晚上，脸都笑疼了。

看完电影已经一点半了，他非要送我上楼，到了家门口我才发现自己忘带钥匙了。

我拍了半天门，拼命给我爸妈打电话都没人接。

"完了，这次是真的回不了家了。"我很绝望，"我爸妈睡觉太死了。"

小哥哥意味深长地笑了一下。

该死，我急着解释："这是真的，我没有故意不带钥匙的。"

"那，去我家继续看电影？"

"我明天要上班，熬夜真的会疯。"

"你要是不介意的话，可以睡我家客房。"小哥哥说，"我给你换新床单。"

"你爸妈……"

"我爸妈不和我一块住，他们住楼下。"

"噢，那也不用那么麻烦的，给我个沙发眯眼就好。"我说，"我一早就走。"

他伸手摸了摸我的脑袋："客房吧，没事，走。"

待了一晚上，我也就在他家客厅厨房转了转，还没往里走过。

他把我带到客房，还亲自帮我换了床单，虽然有点笨拙，但是很有耐心，而且弄得很整齐。

"真的不好意思啊……"我其实还是第一次在男生家过夜，怎么都觉得不好意思，"要不我还是去开个房好了。"

他看了我一眼："你对得起我辛辛苦苦铺的床单吗？而且眼睛都睁不开了，还出去找酒店呢？赶紧睡吧，我也困死了。"

我也是真的困了，听到他说这句话，就怎么也忍不住地打了个哈欠。

他又笑了："睡吧，晚安。"

我关上门之后还是能听到外面的一点声音，听到他进了浴室，然后传来水声，听得我心猿意马，然后又在这心猿意马中睡着了。

一觉到天亮。

他好像还没起床，我悄悄去了浴室，想洗个脸就走，结果进去就看到洗漱台上放了个新的还未拆包装的牙刷，旁边还有两张一次性的洗脸棉巾。

这人也太体贴了吧。

我抓紧时间洗漱了一通，弄完转身就看到他在门口站着了。

"早啊。"他冲我露出了一个笑脸。

"早。"我有点害羞，"我回家了。"

"嗯，一会儿我送你去上班？"

"不用不用，我搭地铁。"

"我送你吧，顺路。"

"好。"

我要出去，他刚好想进来，两个人在浴室门口撞了一下，我又害羞了，连忙让开。

他就没有继续进来，而是伸手过来拿牙刷牙膏，牙膏在我右手边，他伸长了手从我腰后绕过去拿，简直就像是搂了我一下。

我抓住了他的手腕，抬头看他："你故意的吧？"

"嗯？"他很坦然地笑着，"被你发现了。"

我简直要疯了。

我一直觉得自己挺能撩的，也一直以为是我在撩他，现在看来未必嘛。

我给他弹了一脑门子水，然后一溜烟地跑出去了，结果跑到客厅又吓了一跳。

一个中年妇女站在餐桌旁在摆早餐，看到我时还挺平静地招呼了一下："早，吃过早餐吗？"

我不知所措地问好："阿姨早。"

小哥哥听到声音跟过来，看到人时很崩溃："妈，你怎么又来了？"

"昨天你朋友他们走的时候特意到楼下来跟我们打了个招呼，说你谈恋爱了，让我给你准备早餐。"

小哥哥小声"喊"了一声。

阿姨看了我一眼："是上次电梯里的小姑娘吧？挺可爱的。"

我觉得好尴尬好害羞，赶紧解释："阿姨，我们没同居，我住楼上，昨晚我是忘记带钥匙了。"

阿姨看了小哥哥一眼，带了点嫌弃的意思，然后才跟我们说："吃早餐吧，我先回去了，你爸还等着我陪他晨跑去呢。"

阿姨走了，房间里静悄悄、尴尬尬。

小哥哥摸了摸鼻子："你刚刚就解释了没同居？"

我："嗯？有什么问题？"

"没解释我们没恋爱，所以我妈肯定以为我们是恋爱关系。"

"那……"

"嗯？"

"那她误会了会怎样？"

"天天给你买好吃的，天天让我送你上下班，说不定下次见面就给你红包了。"

我笑得不行："那我们就是恋爱关系呗，至少得先骗个红包。"

他笑了起来："红包五五分？"

"三七，我七。"

他想了一下："行吧。"

我们对视了一眼，小哥哥看了我一会儿才开口："我是认真的，你呢？"

"我也是。"

他的眼睛弯了弯，然后偏头在我脸上亲了一下："上次你给我抹粉底我就想这么干了。"

"那是遮瑕！"

报告部长，实习生**姜屹**，请求批准与你的办公室恋情！

何昀："一直忘了问，你叫什么名字？"

"我叫余……"余朦朦及时打住，"余小鱼。"

"我家也养了一对小丑鱼。"

"那你喜不喜欢小丑鱼？"

『所有小鱼我都喜欢。』

Chapter 6

和 我 约 会 吧

周漪这几天一直在微博上被别人艾特。

她以为是垃圾微博,所以一直没有点进去,因为她很少上微博,这个微博也完全没有和认识的人互关。

直到她那天搭地铁的时候无聊点了一下,才发现艾特她的人并不是僵尸号。

柯和沐233:@漪哥是你爸爸哈哈哈快看这个视频不好笑你打我。

柯和沐233:@漪哥是你爸爸四级资料,好好看,再不过你就去裸奔。

柯和沐233:@漪哥是你爸爸哈哈哈你看这个"沙雕"博主。

周漪确定自己不认识他,点进主页看了一圈,只总结出三点。

1.对方是个大学生。他偶尔会转一些学习资料,或者他们学校官博发的东西。

2.对方兴趣广泛。微博里男生感兴趣的东西,他都感兴趣,转的东西应有尽有。

3.是个男生。头像专辑里有照片,虽然角度很奇怪,但是气质很干净。

她工作两年了,可不认识什么男大学生。

应该是艾特错人了。

她在第一条艾特她的评论下回了个哈哈哈哈。

但男生似乎没有发觉自己艾特错人了，接下来的几天里，每天都还在艾特她。

周漪本来想告诉他的，但他每次艾特她的东西都很好玩，她就没忍心戳破。

导致她每天晚上最期待的就是下班之后，吃完饭，洗完澡躺在沙发上敷面膜的时候，点进他艾特她的微博里。

然后能乐不可支一晚上。

偶尔她看到一个好玩的，也会艾特一下男生。

虽然她看到的段子视频并没有男生艾特她的好笑，但每次男生都会很给面子地笑一大串。

中间还夹着"哈哈哈哈哈哈哈这个我上个礼拜就看过了你现在才看到吗？你村网通啊哈哈哈哈哈哈哈"这样的话。

偶尔他们也会在互相艾特的评论里聊起来，当然多数时候都是男生抛出话题。

他问她：体能测试还 OK 吗？

周漪知道他问的其实是他朋友，但因为自己公司也在弄素质拓展训练，所以回复了：OK，就是跑步快跑死我。

柯和沐 233：哈哈哈，平时也要多跑步啦。

因为他这一句话，周漪开始夜跑了。

有时候周漪也会担心，男生是不是有女朋友，然后其实他艾特的是女朋友，结果弄错了。

但是想想又觉得好笑，会有人把自己女朋友的 ID 都弄错的吗？

直到她有一天刷到男生的微博，说：下雨不愁，人家有大头，我有伞，嘿嘿嘿……

配图是他撑着伞慢悠悠地走在雨中，前面是个没有伞狂奔的女生。

底下有人评论：为什么不去帮人家撑一下？你知道许仙和白娘子是怎么在一起的吗？

他回复：朋友，生殖隔离了解一下。

别人回复：难怪单身。

这条微博几个评论，她笑了一晚上。

有一天男生艾特她的时候，顺道说自己切菜弄伤手了，还发了一张照片出来。

周漪在下边回复：欸？你的手好好看哦。

柯和沐233：？？？这是你应该关注的吗？

周漪：哈哈哈……

柯和沐233：我真的觉得你最近怪里怪气的，你不会是爱上我了吧？我是直男，兄弟……

这句话看得周漪心里一惊。

她最近花在微博上的时间好像越来越多了，哪天他没有艾特她，她就浑身难受。

她不会真的……？？？

她纠结了好多天，直到有一天他给她私信，说：微信不回但是刷微博？

周漪回了个问号。

对方又说：今晚吃的鹿肉也太上火了吧，我感觉我要变身泰迪了。

周漪：噗哈哈哈哈哈。

过了几个小时，他又给她发私信：唉，太罪恶了，我居然又……

周漪：撸了？

柯和沐233：？我是说打游戏……我撸了我也不会跟你说啊！

周漪：不是你说自己变泰迪了吗？

柯和沐233：你吃点鹿肉你会撸？

周漪：我怎么知道，我又不是男生。

柯和沐233：？

周漪有点紧张地看着聊天框。

半秒之后对方发过来一串哈哈哈哈哈哈哈。

柯和沐233：哈哈哈哈哈哈哈你真的爱上我，然后去做变性手术啦？

周漪失笑，这个人也太笨了吧。

柯和沐盯着屏幕上的语音条发呆，然后又点了一次来听。

"我本来就是女生啊。"

舍友从床上探出脑袋来，笑着说："阿沐你把这条语音来来回回听了五遍了，你有病吧？"

柯和沐："变性能把声音也变了吗？"

舍友："变你妹，你就是在炫耀有妹子给你发语音！"

柯和沐跑出去给人打电话，一接通他就开骂："许猗你大爷！"

许猗："干吗呢哥，我得罪你啦？玩着游戏呢别闹。"

柯和沐："……玩游戏就好好玩游戏，刷什么微博。"

"我没刷啊，我都好久没玩微博了，我忘记密码了。"

柯和沐小声骂了一声："你现在，赶紧，上微博，给我发一条私信。"

"说了密码忘了啊！怎么了啊，我在玩游戏呢！"

"赶紧的！"

他挂了电话。

五分钟之后，ID 是"猗哥是你爸爸"的人给他发了一条私信：柯和沐你大爷！晚上带我上分！你欠我的！

他盯着上下两条私信看了很久，才看出两个 ID 的区别。

一个有三点水，一个没有。

晕。

他弄错了三个月，真是个傻子。

他点进女生的微博，对方注册微博三年了，三年里只发了三条微博。

三条都是新年快乐。

他真是大意了，三个月来居然一次都没进她微博主页看过。

许猗那个傻子怎么可能只发三条微博。

周漪等了好久，等到她快睡着了，男生才回了一条私信给她：对不起［捂脸］我搞错人了，你和我朋友 ID 好像。

他还截了图过来。

周漪：哈哈，其实我猜到了，但是因为你艾特我的微博太有趣了，所以都没舍得提醒你。

他发了一连串的捂脸过来。

就在周漪以为要冷场的时候，男生又发了一句话过来：我看你微博显示，你是余华市的？

周漪：嗯。

她想了想又加了一句话：我在这边工作。

柯和沐：那你和我朋友真有缘，他也在余华读书。

周漪以为她的解释会是终点，但她低估了当代男大学生的热情，那之后柯和沐还是会继续艾特她好玩的东西，有时候还会顺带把他朋友也艾特一下，弄得他朋友都莫名其妙，嚷嚷着"为什么会有人ID跟我一模一样啊，这个某浪又出bug了！"。

然后柯和沐就会回复他："傻子看不到第一个字不一样吗？人家有三点水。"

也不知道是谁当初看了三个月都没看出来。

某天晚上柯和沐看到了一条特别搞笑的微博，他自己乐完之后又照例艾特了这个漪和那个猗。

结果十分钟过去了，两个人都没回复他。

他感觉有点不妙。

几乎是条件反射地，他给许猗弹了语音。

"干啥啊兄弟。"那边倒是很快就接了，"忙着呢，有事快说。"

"没，没……"柯和沐不知道要说什么，"你忙啥呢？"

许猗在那边"嘿嘿"笑了两声："忙着带漪哥打游戏呢，她说她想玩游戏，我带她玩一下。"

柯和沐一口老血都要喷出来了："你带她打游戏？她让你带的？你们什么时候聊到游戏了？私信吗？"

柯和沐觉得不爽，很不爽，结果许猗的下一句话让他更不爽了。

"没聊啊，就是她忽然在微信上跟我说的，让我带她打游戏。"

许！猗！居！然！有！她！的！微！信！了？！

他都还没有啊！！！

他们已经那么熟了？？？

明明是他们先认识的啊。

他感觉被戴绿帽子了呜呜呜。

许猗挖他墙脚呜呜呜。

"你要来吗？"许猗又问，"我们三排呗，比较稳。"

"来。"柯和沐咬牙切齿地说。

不就是游戏吗？谁还不会了，凭什么找他那个渣渣带？

柯和沐进房间的时候，许猗还介绍了一通："阿沐。"

"那不废话吗？我游戏 ID 跟微博 ID 一模一样，有什么好值得介绍的。"柯和沐还是很不爽。

然后耳机里就传来了一声轻笑，这声轻笑简直像羽毛一样，轻轻挠了一下他的心尖尖。

"阿沐你好。"女生说，"我是周漪，漪哥是你爸爸。"

谁来告诉他，为什么 ID 这么霸气的人声音会那么软啊？！

他没吭声，这个时候说话他肯定会结巴。

一局游戏他就闷头打，他玩这个游戏很厉害的，还拿了五杀。

赢了之后许猗立刻给他发微信骂他：就你牛是吗？

柯和沐：?

许猗：带妹子打游戏不是这样打的兄弟，难怪单身。

柯和沐：哦，那我也没带妹子打过游戏啊。

许猗：你要让人头给她，让她杀人啊，要保护她，让她体验到游戏的乐趣啊傻子。

柯和沐：懂了。

第二局他全程跟着周漪打转，然后输了。

柯和沐跟许猗说：看吧，没有我输出，你们这群菜鸡根本打不动。

许猗：不玩了。

周漪也说自己第二天要上班不玩了。

柯和沐最后也没好意思提成跟她要微信。

他只会傻兮兮地去跟许猗说：你不许再找她玩游戏了。

许猗很无辜：凭什么啊，再说也是她先找我的啊。

柯和沐：也不许找她聊天。

许猗那榆木脑袋终于灵光一现，反应过来了：你喜欢她？

柯和沐吓了一跳：啊？

许猗：这么紧张，不是喜欢是什么？你放心啦兄弟，你喜欢的人我肯定不会撩啦，只要你说你喜欢她，我现在拉黑她都成。

他最后还补了一句：我去她朋友圈看过她的照片，长的是你喜欢的样子，嘿嘿嘿，给我一百，我发照片给你。

许猗等了好久，柯和沐才回复他：对，我喜欢她，你不许再和她单独打游戏，不许再跟她聊微信了。

许猗：……我去？玩这么大？要不要我给你她的微信？

柯和沐的"不用"两个字刚刚发出去，就收到了许猗把他和周漪拉进群聊的消息。

柯和沐：……

周漪发了个红包在群里，红包备注了"谢谢大佬们带我打游戏"。

许猗手快先领了红包，然后一顿问号脸。

许猗：八十块的红包，老子只领了两分钱？

周漪发了一个捂脸的表情。

许猗：我发现你和柯和沐都好喜欢这个捂脸的表情包，被他传染的？

周漪：对啊，我以前从来不发的，现在看到这个表情包就想到他了。

柯和沐：[捂脸]

柯和沐挺不好意思领的，周漪又艾特他：干吗不领红包？

许猗：他害羞呗，以为这是你的嫁妆。

周漪：……谁家嫁妆这么点钱啊？

柯和沐领了红包，又说了句：@ 许猗，周末我去你那儿。

许猗：[抠鼻]

许猗私聊他：你没说过你要来啊，是因为小姐姐？

柯和沐：这不很明显吗？

许猗在群聊回复他：哦，但是我星期六有考试哦，可能没法接你带你玩了。

柯和沐：哦，没事，我自己瞎逛呗。

他发完这句话之后紧张兮兮地等了好久好久，才等到周漪的一句话：@ 柯和沐，要来余华吗？我带你玩呗。

许猗私聊给他发了几十个礼花的表情。

距离星期六还有几天，周漪和柯和沐天天在群里讨论要去哪儿玩，吃什么，连车票时间都和她反复确定。

许猗特别无语：不知道的还以为你们是在准备出国游呢。

又忍不住吐槽柯和沐：你每半个月都会过来一次的人，装什么没来过啊，受不了。

柯和沐没有回复他，却在群里艾特周漪，问自己订哪个地方的酒店比较好。

周漪回复他：许猗要没空带你玩的话，你就住我家附近吧，比较方便。

许猗：？？？

他什么时候说自己没空了？他只是说了星期六没空的啊？意思是星期天他也别出现了？

行吧，也许他该退出群聊，把空间留给他们。

星期六一大早周漪就醒了，洗了澡化了妆，又觉得妆感太强和男大学生走在一起很不搭，所以又洗了脸重新弄。

等到出门的时候，还稍微迟了几分钟。

她到车站的时候，柯和沐已经出站了。

"在出站口右手边，牛仔外套黑色双肩包。"

周漪听着语音，抬起头就看到了男生。

对方一边张望，一边对着手机语音。

"看到我了吗？"

"你穿什么衣服？"

周漪听着他的语音，还没来得及回复，男生就转过头看了她一眼。

对视那一瞬间她紧张得要死。

下一秒她就看到他拿着手机又说了一句什么。

手机传来他的语音消息。

"我好像看到你了，红色毛衣？"

周漪冲他笑了一下。

柯和沐没有立即朝她走过来，而是又对着手机说了一句话：

"你长得真好看。"

她还没来得及回味，下一条语音就自动播放了，是许猗的声音："你们俩就不能私聊？"

周漪被逗得笑了起来。

周漪带他去吃了寿司，逛了公园，喂了鸽子，看了电影。

每做一件事，柯和沐就要发一条信息到群里。

"许猗我们现在去吃寿司啦。"

"许猗我们在逛公园，你什么时候出来？"

"许猗我们去看电影了，你来不来？"

"许猗晚上我们去吃酸菜鱼，你出来了吗？我给你发定位。"

许猗："我觉得我就不应该出现，你们俩跟对小情侣在约会似的，我一会儿过去是不是电灯泡啊？"

柯和沐："是的，所以你晚一点出来，一会儿来结账就好了。"

许猗：……

柯和沐还发了他们俩的自拍给许猗看。

许猗私聊他：看吧，我就说是你喜欢的款，御姐系。

柯和沐：其实本人非常可爱。

许猗：你完了兄弟。

晚上许猗出来跟他们会合的时候，更加觉得自己多余。

这两个人之间的互动，连他这种触角缺失的人都觉得甜。

吃什么酸菜鱼，吃狗粮都饱了。

"许猗，多吃点啊。"周漪还帮他夹鱼片，"男大学生要长身体，多吃点。"

柯和沐就眼巴巴地看着她，周漪连忙也给他补了一大勺，还把鱼片上的花椒都挑出来了。

许猗放下了筷子，真情实意地说："要不，你俩在一起吧？"

柯和沐在桌子下边踹了他一脚。

吃完饭许猗就溜了，溜之前还贱兮兮地跟周漪说："考虑一下吧小姐姐。"

周漪："啊？考虑什么？"

许猗拿下巴点了点在结账的柯和沐："考虑一下我们阿沐啊，你别看我们还在读书，其实阿沐挺成熟，挺会疼人的。"

周漪笑着点头："看得出来。"

"所以你介意姐弟恋、异地恋吗？"

"我不介意啊。"

周漪不傻，从许猗第一次开这种玩笑的时候她就感觉到了，柯和沐是有点喜欢她的。

许猗走了之后，周漪和柯和沐在路边站了一会儿。

"我送你回酒店？"周漪问。

"再走走好吗？"

"嗯。"

两个人沿着马路散步，走了一会儿周漪问："怎么不说话？"

柯和沐笑了一下："我紧张。"

"紧张什么？"

柯和沐没有回答，而是问她："刚刚许猗是不是和你说了什么？"

"是说了什么。"

柯和沐更紧张了："说了什么？"

"他说你喜欢我。"

柯和沐一下子顿住了脚步："？"

周漪也停下来："难道他骗我？"

柯和沐急了："他没骗你。"

周漪歪着脑袋冲他笑。

"我……挺喜欢你的。"

"挺？"

"很喜欢，非常喜欢。你呢？"

"我？我也……挺喜欢你的。"

柯和沐愣了一下，然后傻笑起来，他在原地蹦了蹦，然后猛地伸手抱住了周漪。

两人距离太近，冲力让周漪没站稳，跟跄了一下，但柯和沐抱得很紧，所以她没摔倒。

"今天看到你第一眼的时候就想这么做了。"柯和沐把头埋进她颈间，当时他就希望他们已经是情侣了，那他就可以飞奔过来抱住她，而不是克制地走过来冲她笑笑，跟她说"我是阿沐"。

"嗯？"周漪笑着回拥他，"巧了，我也是。"

♥♥♥ *Chapter 7* ♥♥♥

遇 见 初 恋

《传说》开服了。

这个消息在网上引起热议，接连占据了三天热搜头条。

这个游戏八年前内测的时候就非常火，从内测到开服，花了八年时间，本身就是一件值得讨论的事情。

即便是方淞子这种不玩游戏的人，也对此印象深刻。

当初她就是因为这个游戏和初恋分手的。

方淞子对这个游戏没什么好感，但她就职于一家传媒公司，公司接下了这个游戏的推广，她要写推广方案，就必须得去了解。

她作为项目的主负责人，如果连游戏都没玩过，怎么做出让客户满意的方案和效果？

方淞子等地铁的时候下载了游戏，然后一边上了地铁一号线，一边切进了游戏。

游戏页面很美，方淞子截了几张图，然后在笔记本上标注了一些关键词，选服务器的时候好几个服务器都是爆满，最后她选了个"地铁一号线"的冷门服务器。

创建 ID 的时候，她输入了好几个名字都显示已经被注册了，最后她想了想，输入了自己的名字。

她这个名字很偏僻，几乎没有重名，在网上也很少见，她以为这次可以通过的，结果屏幕还是显示"此 ID 已被注册使用，请您重新输入"。

谁用了她的名字啊？

最后她随意敲了一串英文进去。

屏幕显示注册成功的时候她才反应过来自己选了个什么 ID，但再想改已经来不及了。

她头顶着这么一串英文进了新手村。

和普通的升级游戏没什么不同，方淞子做了几个任务就觉得无聊了，她刚想退出游戏，又鬼使神差地去搜索栏搜了一下"方淞子"。

她想看看是什么人用了她的名字。

结果还真搜到了这个人，还跟她在一个服。

方淞子发送了好友请求，对方居然在她下线之前通过了，还给她发了一个问号过来。

方淞子：？

方淞子盯着屏幕，心里有种说不清的感觉。她想了想，敲字回复。

Gjhhhhh：你名字真好听。

方淞子：嗯，哈哈。

Gjhhhhh：为什么要叫这个名字啊？

方淞子：我喜欢的女生叫这个名字。

这句话让方淞子的心跳陡然一停。

她非常确定这个人不认识她，说的也不是她，因为她身边玩这个游戏的男人很少，喜欢她的人也很少，更不存在暗恋的情况。

原来这世上还真的有人名字和她一模一样。

Gjhhhhh：我也叫方淞子。

她回了一句。

方淞子：这么巧。

他们的对话仅限于此，但大概是因为名字的原因，之后她只要上线，那个方淞子就会拉她去打怪升级，帮她练装备，给她发游戏攻略。

这多多少少帮她重拾了一点对这个游戏的兴趣。

有时候方淞子也会觉得奇怪，问他：为什么我每次上线你都在啊？

对方比她还奇怪：我还想问你呢，每次我一上线，你就会跟着上线，仿佛在我身上装了监控似的。

他们的上线时间完全同步，经验值和级别也几乎是同步的。

熟了之后，方淞子发现他还蛮多话的，虽然话题多半是围着那个方淞子在打转。

——段考成绩出来了，她考了年级第二。

——她周末剪了头发，特别可爱。

——她今天跟我说话了。

方淞子问他：说了啥？

方淞子：她让我上课的时候不要再盯着钟看了，特别明显，老师看了我好几眼。

Gjhhhhh：你盯着钟看干什么？

方淞子：我不是盯着钟看，我是在看她，同一个方向，她以为我在看钟罢了。

方淞子觉得这些小细节很甜，甜得她心窝疼，她一个单身狗做错了什么，为什么玩游戏也要被虐。

　　但是她又忍不住要听，有时候还会主动问他，为什么喜欢人家，为什么不表白。

　　他有时候回答怕影响人家学习，有时候又会说怕她不喜欢他。

　　特别、特别、特别像她和她的初恋。

　　可能每一段青春期的恋情都是这样，甜蜜又小心翼翼。

　　再一次上线的时候，"方淞子"急急忙忙来找她咨询：我周末陪我妈逛街碰到她了，她试了一条项链，特别好看，但是她没买。

　　Gjhhhhh：然后？

　　方淞子：然后我没忍住，偷偷买了……你说我要不要送给她？

　　Gjhhhhh：送啊，为什么不送！而且我有预感，这条项链送出去了，你们就会在一起了。

　　方淞子：！！！真的吗？？？为什么！！！

　　Gjhhhhh：因为我和我初恋就是这样在一起的。

　　第二次他上线的时候，果不其然兴冲冲地跟她说：我们在一起了！！！

　　Gjhhhhh：恭喜，但是别跟我说细节，千万别跟我说，我不想吃狗粮。

　　方淞子：嘿嘿，我不会说的，我舍不得告诉别人。

　　方淞子叹了口气。

　　她现在仍然清清楚楚地记得，当初初恋时他给她送项链的情景。

　　那天轮到她当值日生，她去丢垃圾，往回走的时候遇到了他。

　　其实应该是他早就在那里等她了。

　　方淞子问他干吗不在教室自习，他伸手把项链递给她，耳朵红红的，眼睛根本不敢看她，特别可爱。

"这是什么？"

"微博抽奖送的，女款，我没法戴。"

"送我？"

"嗯。"

"我刚丢了垃圾，手很脏，你帮我戴上吧。"

然后男生就垂着眼眸，认认真真地帮她戴上了项链。

她没忍住，在他下巴上亲了一口。

"高久和，其实你每天都在偷看我吧？"

对，她的初恋那时候也每天都在偷看她，她也跟他说过不要看钟了，其实她知道他是在偷看她。

不仅名字一样，恋情都那么相似。

方淞子很惆怅，她嫉妒那个女孩子，也嫉妒曾经的自己。

谈了恋爱的男生，上线时间短了很多，以前他上线都是四五个小时的，现在玩一个多小时就要去找他的小女朋友了。

但她也挺忙的，忙着弄推广和活动，《传说》还弄了个抽奖，是游戏的周边，做工还蛮精美的，那边接洽的负责人说要给她送几个，让她给游戏里的朋友也送几个。

她游戏里只认识那个"方淞子"，便上线去问他地址。

方淞子：什么周边？

Gjhhhhh：公仔吧，我不知道。

方淞子：我不喜欢公仔啊。

Gjhhhhh：可以送你女朋友嘛，笨蛋。

方淞子：嘿嘿。

Gjhhhhh：地址。

方淞子：余华市高级中学 1802 班。

Gjhhhhh：？？？

方淞子：？

方淞子靠在沙发上，久久无法动弹。

她现在开始有点怀疑这个"方淞子"到底是谁了。

首先，余华市高级中学是她的母校，其次她高中时期，就一直是1802 班的。

学校一直以年份划分年级，她是 2018 年入学的，所以是 18 级的，但现在都 2026 年了，绝对不可能还存在 1802 班。

恶作剧？

什么恶作剧能延续一个多月？

方淞子举着僵硬的手指在键盘上敲字：你确定这个地址能寄到？

"方淞子"回复她：嗯啊。

Gjhhhhh：你叫什么名字？

方淞子：高久和。

方淞子感觉自己心跳都停了。

和自己玩了一个多月游戏的人，是她初恋？！

可是高久和在高二的时候就出国读书了，听说也一直在国外工作，他没那么无聊来耍她吧？

而且最重要的是，当初是她先加的他。

反正就非常诡异。

周边是通过在游戏页面填写收件地址配送的，方淞子恍恍惚惚地填上了高久和的地址和名字，然后点了提交。

提交之后她才猛然想起来，当初似乎就是因为一个快递，她和高久和吵架冷战然后分手了。

是……这个吗？

她心神不宁地等了两天，当游戏界面提示快递已签收时，"方淞子"也上线了。

方淞子心乱如麻地给他发信息：周边收到了吧？

方淞子：我失恋了。

她的心重重地落了下去。

方淞子：周边收到了，她帮我收的，我没想那么多，结果她生气了。

方淞子下意识地问：为什么？

方淞子：周边是个抱枕，上面印了我和你的游戏形象，可能是比较亲密吧，她吃醋了，我跟她说了，你只是我游戏里认识的一个姐姐，但是她好像更生气了。

当然生气了，不仅那时候的她很生气，即便现在她知道了这个"姐姐"是她自己，她也一样很生气。

Gjhhhhh：笨死了，姐姐是能随便称呼的吗？

那段时间似乎非常流行姐弟恋，韩剧、日剧、国产剧，都是姐弟恋，小鲜肉、小狼狗非常风行，她很敏感，对那个"姐姐"有着与生俱来的敌意。

"我跟人家就是游戏里的朋友关系，才认识没多久。"

"认识没多久？你看看她 ID ！认识没多久会用你名字的缩写！？"

这是他们说过的最后一段对话。

之后就开始冷战，冷战了一个月之后方淞子被调去了重点班，一个星期之后，高久和就出了国。

方淞子对着电脑发了很久的呆，直到同事过来碰了碰她："方姐，你怎么了？"

"啊？"

对方指了指她的脸，她摸了一下，才发现自己脸上湿漉漉的。

她哭了不知道多久。

那时候真的太年轻。

她知道他没有出轨，也相信他不是渣男，她就是吃醋，就是作，她还在等他来哄她，结果他就走了。

她回了家，又呆坐了很久，然后才重新上了线。

又和往常一样，她上线的时候，高久和也刚刚上线。

她对着对话框又发了很久的呆。

她想说对不起，对不起当初不应该生那么久的气，不应该冷战。

也想问为什么，为什么要出国，为什么不来哄她。

但最后她只发过去一句话。

Gjhhhhh：抱歉，害得你和你女朋友吵架了。

她这句话发过去的同时，他也发了一条信息过来。

方淞子：姐姐，我要出国了。

即便是已经知道故事的结局，看到这句话的时候，她的心还是猛烈地痛了一下，痛得她几乎没法打字了。

Gjhhhhh：为什么？不打算和她和好了吗？

方淞子：想，但是……我们俩这事闹得挺大的，班主任知道了，通知了我们的家长。周末的时候班主任带着她爸妈来见我了。

方淞子呼吸一窒。

这件事她完全不知道!

　　方淞子：她被保送了，但是她拒绝了，是因为我……我学习挺差的，我们在一起之后她经常给我辅导功课，她特别有耐心，我也愿意听她讲的，她的笔记，我看一天都不会腻，这几个月我成绩上升得很明显。她拒绝保送，就是想继续留校学习给我补课，和我一起参加高考。

　　方淞子：我很喜欢她，我也试图跟她父母争论，觉得她即便不保送，也可以考上心仪的大学，但是我爸妈说我这样很自私。

　　方淞子：其实她爸妈人挺好的，都很温和，并不是来责难我，就是想见见我，和我聊聊，就是因为他们太善良了，就越发衬托得我无理取闹。

　　方淞子：所以我答应我爸妈出国了。

　　方淞子：我下了，姐。

　　方淞子的那句"那你以后还会回来找她吗"发出去的时候，他的头像已经灰了。

　　之后他大约再也没有上过线，因为那天晚上之后，《传说》就闭服了。

　　方淞子对着电脑坐了一夜。

　　方淞子叫人把她重新拉回了高中的班群。

　　这个群当初还是她创建的，后来有人把高久和拉了进来，她就秒退了。

　　进群之后她先去看了一眼，确定高久和在群里之后才跟大家打招呼。

　　一顿寒暄，互相问候。

　　然后她才说：《传说》重新开服了，我记得这个游戏高中的时候我们班的男生都在玩欸，现在还有人玩吗？

　　群里沉默了几个小时，才有人接了话：那时候确实很火，不过一直玩的只有高久和吧，他玩这个游戏厉害。

有个跟高久和很好的男生说：我还记得那时候你和高久和吵架，你诅咒《传说》倒闭，然后《传说》就真的隔了八年才重启。

方淞子：哈哈，我们公司现在在做《传说》的推广，如果还有人在玩这款游戏的话，可以加我，我把最新的活动发给你们。

那个男生说：这么巧吗？现在《传说》的总设计师就是高久和，从某种意义上来说，你们合作了耶。

方淞子心跳又停了。

她去翻了《传说》的相关介绍，果然总设计师名录那儿就写着高久和的大名。

那这一切，是意外还是缘分，还是他设计的？

似乎不仅是她，别的同学也不知道高久和回国了，大家在群里吵吵闹闹，提议说同学聚会，让那个男生去问高久和有没有空参加。

有女生艾特她问她要不要参加。

她说看情况。

那个男生在她下面回复：高久和也说看情况，工作太忙了，有时间就过来。

同学聚会那天方淞子从中午就开始在家打扮了，还特意去做了指甲和头发，因为以前高久和说过她短头发好看，所以这些年她就再没蓄过长发。

她晚了二十分钟才到，进屋的时候没有看到高久和，她失落难过得立刻就想走了。

"方淞子？！妈呀，你这么多年都没变过的吗？"

"过来来这边坐。"

那个和高久和比较好的男生拍了拍他身边的椅子，示意她坐："迟到了，是不是要罚一杯？"

"嗯。"方淞子二话没说，斟了半杯红酒就喝掉了。

大家都是工作了几年的人，都以为她这一口闷是因为工作带的习惯。

之后方淞子几乎来者不拒，喝了一圈，饶是她酒量再好，这会儿也有点晕乎乎的了。

她打算撤离，刚要起身，就听到门开了，一桌子人都叫着站了起来。

"高久和你终于来了。"

"还以为你不来了呢。"

方淞子的位置刚好背对着门口，她没有回头，只从余光里看了一眼来人，然后就脸红心跳呼吸紊乱了。

来人穿着西服，领带系得仔仔细细，看起来是刚刚从公司过来。和他要好的男生站起来招呼他，于是他走了过来，站在男生的身边。

也就是在她身后。

"抱歉，工作上有点事要处理，所以就晚了一点。"

"这是一点吗，这都晚了一小时了，你看我们方淞子都快喝倒了。"

他笑了一声，手搭在椅背上，似乎碰到了她的头发，方淞子不确定，她有点醉了，感官都很模糊。

"不管，罚两杯。"

"两杯两杯。"那个男生从桌上随手拿起一杯酒递给他，"喝吧兄弟。"

高久和也没有犹豫，举起杯子就一口喝光了。

方淞子看了看桌子，又看了看那个男生。

他……喝错杯子了。

"坐坐坐。"男生让出位置，招呼高久和，"这么晚才下班，吃饭没？"

　　高久和在他的位置上坐下，微微按压着胃："还没。"

　　"那你先喝点汤，方淞子，递一下汤。"

　　方淞子把汤转过来，高久和看了她一眼，低声说了一声谢谢。

　　方淞子觉得自己身上那点酒精全都散发了，她一点力气都没有了，就觉得很难受，那些秘密、那些问题、那些想说的话，全堵在她心口，让她很想……很想，很想抱一抱高久和。

　　之后大家坐着随意聊天，方淞子从零碎的聊天片段中获取到一点关于他的信息。

　　他回国半年了。

　　他在国外读的大学，毕业后就直接进入了《传说》海外游戏设计部。

　　其他的别人问，他也没回答。

　　方淞子拿起自己的包，跟旁边的女生说了声去洗手间，就出门了。

　　她没去洗手间，而是直接去了停车场，回到了自己的车上，发了一会儿呆之后她抹掉眼泪刚准备打火，就听见有人敲车窗。

　　方淞子降下车窗，看到高久和站在外面，微微弯着腰看她："喝了酒还打算开车？"

　　方淞子感觉自己的眼泪又涌上来了，搞得她泪眼婆娑的，根本看不清人。

　　"哭什么？"他问，同时伸手碰了碰她的下眼睑，然后打开了车门，"下来，叫代驾。"

　　她扶着车门下车，但是腿很软，几乎站不住。

　　高久和一把把她抱住了。

　　之后的事，方淞子没什么印象了，高久和叫了代驾，他抱着她坐进了后座，他问她家住哪儿，她说了几次都没说清，最后高久和报了自己家的地址。

他把她带回了自己家。

方凇子在车上就睡着了，似乎问了他什么，他低声回答了，再醒过来已经在高久和家里了。

他手上拿着热毛巾，正在帮她擦脸。

"别动！"方凇子握住他的手腕，"脸上有妆。"

高久和笑了，他递过来杯子："喝点果汁解酒。"

方凇子口渴得要紧，接过就一口气喝了。

高久和拿着毛巾进了浴室，方凇子看了一眼手机，已经两点了。

她从饭店离开的时候才九点多，她在这睡了五个小时？

高久和一直在沙发边上陪着她吗？

高久和从浴室出来之后接了个电话，方凇子看他一时半会儿没有讲完的迹象，就给他打了个手势，准备走人。

她刚走到门口，就被人从背后拉住了手腕。

方凇子："嗯？"

"我一会儿再打给你。"高久和望着她挂断了电话，"去哪儿？"

"回家，都这么晚了。"

"都这么晚了……我送你回去吧。"

"我以为你会说都这么晚了，干脆在这里过一夜吧。"

高久和笑了一下："过吗？我给你弄夜宵吃。"

他这么一说，方凇子还真的觉得自己有点饿了。

高久和家里东西倒是不少，有水果，有酸奶，还有自热火锅和鸭脖。

他开了电视，和她一起盘腿坐在茶几前。

"感觉像做梦似的。"他说，"以前就一直很想和你一起通宵熬夜，吃吃夜宵，看看电影。"

"你刚刚在车上，是不是和我说话了？"方淞子问。

"是。"

"你说什么了？"

"我没说什么，是你一直在说。"

"你相信吗？我说的话。"

"不是我相不相信的问题，是你说的，到底是不是真的？"

"我说的都是真的！"方淞子急了，"我用性命起誓。"

高久和眼睛亮了一下，然后笑了："我知道了，那我答应你。"

方淞子愣了一下："答应我什么？"

"你在车上说的啊，你说你还很喜欢我，要和我复合。"

方淞子简直吐血："我说的不是这个！"

"你说的就是这个。"高久和递了一块鸭脖给她，"这块肉多。"

"……"方淞子接过鸭脖，"你后来有登录游戏账号吗？"

高久和笑了，眼睛亮晶晶的："我是游戏的设计师，你觉得我有可能不登录吗？"

"那为什么……"方淞子不明白了，他登录了游戏账号，没理由不知道这件事，她最后可是给他发了无数条信息，告诉他她是未来的方淞子。

"其实我很早就知道了，刚出国那会儿，我就上过一次号，你给我发的信息，我都看到了。"

Gjhhhhh：那你以后还会回来找她吗？

Gjhhhhh：高久和……其实我就是方淞子。

Gjhhhhh：我是你的女朋友方淞子，是未来的方淞子。

Gjhhhhh：我不知道要怎么跟你解释，未来的我，在负责做这个游戏的推广，然后就遇到了你。

Gjhhhhh：我很想你……

他看到这些信息的时候，先是不可置信，以为她在逗他，但又下意识地想相信。

"你忘了吗，我出国之后给你发过一次信息，我问你是不是在玩《传说》，然后你把我拉黑了。"

方淞子才猛然想起那件事。

"那时候的我，并没有玩，玩的是现在的我啊。那时候我刚刚因为游戏和你分手，然后你又抛下我出国了，你还问我有没有在玩，我把你拉黑已经很温柔了。"

高久和低声笑了："对啊，所以我没有再找你，只能慢慢等，等到你玩游戏，等到你遇到以前的我，等到现在这个还喜欢着我的你。"

"你不怕我在这之前喜欢上别人吗？"

"不会啊，你玩游戏不是这几天的事吗？你跟我说过你单身的。"

方淞子反应过来："所以你在八年前就知道我会一直单身到现在？！"

高久和及时地把她按倒在沙发上，俯身亲了亲她："别生气，我不也等了八年？"

Chapter 8

你 比 奶 茶 甜

她去吃了个饭，回来就看到桌子上有一杯奶茶。

考研自习室的位置都是固定的，她还写了一张卡片"小桃姐姐的专属皇位"，不应该是放错了。

奶茶下边压了一张字条，写了一道数学题，还有一句话：

扫码听我想和你说的话，密码是数学题答案。

难不成有人暗恋她？

她有点害羞，花了一下午去解数学题，算出三个答案，都是错的。

她觉得不是有人暗恋她，是在羞辱她数学不好吧？

她刚想把字条撕掉，就看到字条背面用铅笔又写了一句话：

密码是 73258，就知道你算不出来。

这……应该真的是告白吧？

她美滋滋地扫码输入了密码，然后将手机放在耳边。

听筒里传来一个带笑的男声："小姐姐，你都那么胖了，还天天喝奶茶啊？"

她："！！！"

她捶了一下桌子。

到底是哪个王八蛋!

她发誓要把这个人找出来揍一顿。

自习室没有监控,但是她恰好知道她朋友的朋友在桌子上放了一个监控摄像头,刚好是在她前面的位置。

她翻了监控,调到她出去吃饭之后的时间,很快就看到了一个男生从教室后门走进来,左右看了看之后就从衣服里拿出一杯奶茶放到了她桌子上。

"咦,这不是数学系的沈醉吗?"她朋友说,"哇,他给你送奶茶啊!"

她咬牙切齿:"他明明是在嘲讽我!弄不死他我誓不为人。"

她拿着视频找那个人,一晚上都没找到,回寝室的时候她朋友捅捅她的手臂:"欸,那不就是沈醉吗?"

她一抬头就看到一个男生站在她们寝室楼下的门口,双手插着口袋望着她。

可不就是那个人嘛。

她怒气冲冲地走过去,还未开口,对方就先冲她笑了笑:"听说你满校园在找我?"

"那杯奶茶什么意思!"

他"啊"了一声:"被你发现了。"又摸摸耳朵,丝毫没有过意不去的表情,"和朋友玩游戏输了。"

她更是火冒三丈:"有病吧?我很胖吗?!"

他打量她一眼:"还行吧。"

"……"她瞪了他一眼,懒得再跟他废话,转身就走了。

第二天她去自习室的时候，又看到桌上有一杯奶茶。

这次没有压数学题，但是奶茶上边直接用马克笔写了密码。

"我要是再听我就是猪！"

她把奶茶放到旁边的窗台上，带上耳机开始专心刷题，写了一道题又忍不住偏头去看那杯奶茶。

可能他是想道歉？

她还是扫了码。

输入密码之后，那道声音冷不防从她耳机里传来：

"其实不是因为你胖……而是因为你很甜，你要是再喝奶茶该更甜了，甜得我受不了。"

她愣了一下。

这是什么意思？

这，不是道歉吧？

她觉得有点热，便起身走到空调旁边想吹一下风冷静冷静，结果一抬头就看到男生站在门口，正偏着头望着她笑。

她更热了……

"又玩游戏输了？"

"嗯？从来就没有什么游戏。"

♥♥♥ Chapter 9 ♥♥♥

恋 爱 实 习 期

孙殊君抱着电脑进了自习室。

这几天她要赶绩效方案，在家里坐不住，就只能往图书馆跑。

大概是因为放暑假了，图书馆人很多，但是大家都是来自习看书的，所以很安静，氛围也很好，她来了两天，就把方案写得七七八八了。

今天她常坐的靠窗的位置上有个男生在看书，穿着白 T 和牛仔裤，侧脸很好看。

孙殊君有点诧异，图书馆天天都是一堆小朋友和一堆备考的成年人，很少能看到这么清新脱俗的年轻人安安静静地坐在那里看书的。

关键还长得那么好看。

孙殊君走到他的斜对面坐下了。

不是她贪恋美色，而是整个自习室就这个位置光线最好，也就这个窗口外边有一棵大树，景致很好。

她坐下的时候男生没有丝毫反应，但是当她往外掏电脑、鼠标、笔、笔记本、水杯的时候，男生微微抬头瞄了她一眼。

她很确定自己并没有发出丁点声音，不至于影响他，但既然对方都抬头了，她当然不能错过这个机会。

"帅哥。"孙殊君小声说，"能不能帮我插一下插头？谢谢啊。"

插头在他那边，她如果自己去插的话，也还是得麻烦对方让开的。

她说完这话之后，明显地看到男生脸上闪过一丝不耐烦，不仔细观察根本看不出，因为他马上就笑了一下："不客气。"

然后弯腰帮她把电源接上了。

孙殊君冲他笑了笑，然后开了电脑开始工作。

但是意外总是伴随着帅哥降临的。

她这边才开始着手，就突然开始疯狂打嗝，而且是停不下来的那种，一杯水都喝光了，还在打。

她一边忍受打嗝，一边改方案，就这样坚持了大概五分钟，对面的男生忽然抬起了头，冷冷地看了她一眼，说："出去。"

孙殊君一愣，随即皱眉，她都够难受的了，这人还这样，有没有同情心？

她想说话，结果张口又是一声嗝。

男生忍无可忍，皱着眉看了看自习室，看来看去还是这个位置最好，而且长桌一边只能坐三个人，他靠窗，女人坐中间，他无处可躲。

最后只能拿出耳机戴上。

其实她打嗝并没有发出声音，但是她打嗝的时候会动，看书的时候余光瞄到对面的人在一抽一抽，他要怎么看得下去？

对面女人一边敲键盘一边鼓着嘴憋气，结果一口气没憋住，打了个更大的嗝。

"……"

孙殊君发现对方在看她，有点好笑，她指了指自己的耳朵，对方没有反应。

她低下头小声嘟囔："都戴着耳机了还能听到不成？图书馆你家开的啊？"

男生面无表情地摘下耳机："我没听音乐，手机没电了。"

孙殊君："……"

男生一边把书和耳机收拾进自己的包里，一边轻飘飘地说："你还知道这是图书馆呢？"

孙殊君顿时就有些恼火，觉得自己被针对了："怎么啦？打嗝都不行啊？有没有天理啦？那你背后那人还抠脚丫呢你怎么不说？"

男生僵了一下，缓缓回头看了一眼，他身后的男生戴着耳机，跷着二郎腿，悠哉游哉地抠着脚。

男生一脸崩溃的表情，拿上书包头也不回地走了。

孙殊君猜他这辈子都不会再想来图书馆了。

第二天是周一，孙殊君浑身困乏地去上班，刚到公司经理就过来通知她："一会儿有几个实习生过来面试，你带几个人过一下。"

"要几个人？"孙殊君问。

"你看着办吧，都要也没事。"

"好。"

面试时间安排在九点到十点半，五个面试者，九点她和另外一个同事进会议室的时候，助理拿着签到名单说："孙姐，只到了四个人。"

"嗯。"孙殊君低头翻了翻简历，"先开始吧。"

这四个实习生倒都还好，没有特别出彩的，但也过得去。面试完之后她和同事还讨论了一会儿，在简历上做了标注，要出去的时候助理才拿着简历进来。

"孙姐,剩下那个人到了。"

孙殊君看了看表,现在已经十点四十了。

"让他进来吧。"孙殊君坐回座位上,"简历我看看。"

助理把简历放在她面前,然后出去叫人。

半分钟后门外传来脚步声,有人敲了敲门。

同事给她打了个眼色,她知道同事的意思,前面那四个面试者都是直接推门进来了,没有人敲过门。

"请进。"孙殊君低头翻了翻简历,有点意外。

这个人简历写得挺漂亮的,来他们这儿实习有点屈才了。

外面的人推门进来后反手掩上了门,在他们对面坐下:"两位面试官上午好。"

"上午好,姜屹是吗?先做……"孙殊君合上简历抬起头,然后愣了一下。

对方看到她也愣了一下。

好一个冤家路窄。

同事看了她一眼,接过话头说:"先做一下自我介绍吧。"

"不急。"孙殊君笑了一下,端起水杯喝了一口水,"先说说看,为什么迟到那么久呢?"

男生看了她好一会儿,才开口回答:"抱歉,今早出门的时候临时有点急事,所以耽误了。"

"什么事比面试还重要?"

"我的猫生病了。"

"……"孙殊君立马就没辙了,行吧,谁让她也很喜欢猫呢。"简单做一下自我介绍吧。"

男生轻点头，然后开始自我介绍。

声音好听，说话也慢条斯理，一段自我介绍不长不短，拣了重点说，这样的面试者很容易赢得考官的好感。

仿佛和那天在图书馆冷冰冰叫她出去的人不是同一个人。

之后的问题都是同事在问，男生也没有再和她有过眼神交流。

"嗯，大概我们都了解了，孙姐。"同事叫了她一声，"你还有什么要问的吗？"

孙殊君微微摇头："没有了。"

"那可以了，有什么我们会再通知你的。"

他起身离座，微微低头："谢谢。"

男生走了之后孙殊君和同事又在会议室讨论了一会儿，觉得这几个都可以要。

"下礼拜再通知他们过来吧，这礼拜我要做绩效材料，也没时间给他们办入职。"孙殊君说，"到时候你提醒我一声。"

"好的孙姐。"

第二天经理亲自把姜屹带进她办公室的时候，孙殊君一口茶直接喷到了电脑屏幕上。

"经理……"孙殊君都来不及擦屏幕，看了看经理又看了看姜屹，"这是？"

"这是姜屹，昨天来面试的，你应该还有印象吧？小赵跟我说过，说他是几个面试者中最优秀的，所以我把他放到你们人资部了。"经理跟她说完又对姜屹说，"姜屹，这是人资部部长孙殊君，这两个月你跟她多学学。"

孙殊君：？？？

男生一副乖巧的模样："孙部长你好。"

"你好！"孙殊君冲他笑笑，然后问，"其他面试者呢？既然都来了，我一块办入职吧。"

"其他几个下礼拜再过来，你们人资部比较忙，我就先让姜屹过来了。小赵这几天不是调到别的部门了嘛，你就让姜屹先坐她位置上吧。"经理脸上是少见的和颜悦色，"姜屹，你坐那儿吧，有什么问题可以问孙部长，也可以来问我，我办公室就在尽头那儿。"

"谢谢经理。"姜屹说完望向孙殊君，"孙部长，那就麻烦您了。"

孙殊君怎么看都觉得那眼神带了点挑衅的意味。

见鬼。

经理走了之后孙殊君抽纸擦她的电脑屏幕，姜屹走到她对面，刚要坐下，孙殊君就丢下纸巾，冲着他冷冰冰地说了一声"出去"。

这声出去跟他当初说的那一声简直一模一样，连表情也是复制粘贴。

姜屹微微一顿，抬眼看她，神色无波无澜，仅半秒，他就又换上了笑脸，人畜无害地问："孙部长，怎么了？"

"出去右拐，到前台按个指纹，以后上下班要打卡考勤。"

姜屹依旧笑着："刚刚经理已经带我按过了。"

"嗯。"孙殊君弯腰从柜子里拿出一张卡片，"有一寸照吗？"

"没有。"

"明天补一张过来。"她扬了扬手里的卡，"胸牌卡，自己写还是我帮你写？"

"孙部长帮我写吧。"他说，"我的字不好看。"

孙殊君在卡片上写下他的名字，姜屹托着下巴靠在两桌之间的隔板上，笑着道："孙部长的字真好看。"

孙殊君抬头看他，也微微一笑："你觉得现在扮小绵羊人设还来得及吗？"

姜屹"哦"了一声，脸上也未见尴尬神色，接过孙殊君递过来的名牌后说了"谢谢"就坐下了。

现在她是他上司，她想整他，方法简直不要太多。

姜屹反而开始有点期待他的实习生涯了。

这一天两人面对面坐着都没再对过话，孙殊君太忙了，也没空管他，就丢了一些文件给他看打发时间。

下班的时候孙殊君在车库碰到了经理，打了个招呼之后经理把她拉到一旁叮嘱："今天没有什么机会跟你说，那个姜屹是董事长的外甥，你多照顾着点。"

孙殊君料到他是有背景的，但没想到背景这么牛。

"我知道了。"孙殊君拉开了一点经理和她的距离，"谢谢经理。"

"我刚刚下来的时候还碰到他了，他一个学生，也没车，搭地铁还要倒好几趟车。"经理看了看她的车，"小孙，我记得你住在望博苑那块吧？和姜屹好像同路呢。"

"是吗？"孙殊君笑着说，"那我一会儿送他一程。"

"哎呀，那就麻烦你啦。"

"经理说的是什么话，我们是同事，应该的。"

孙殊君上了车就把包摔副驾上了。

这种关系户，哪个部门都不想要，因为不好伺候，经理塞她这儿来了，现在还要送他回家？他来上幼儿园的？

孙殊君把车开到门口的时候，刚好看到姜屹走下来，她拍了一下喇叭，待他转过头来的时候把车窗降下来，对方看到她就笑了："孙部长。"

"嗯，你怎么回去？"

"地铁啊。"

"住哪儿？我送你。"

"不用了。"

"上车吧。"

"真的不用了孙部长。"

看姜屹的神色是真的在拒绝，孙殊君看了他几秒，感觉对方都快误会了，便放弃了。

晚上经理又让她把姜屹拉进群聊，她很尴尬，因为她没有加姜屹的微信。

孙殊君找了很久才找到他的电话号码，到微信去搜了一下，找到一个叫 Y 的人，本来还不是很确定的，但是一看朋友圈，就知道是他没错了。

孙殊君发送了好友申请，对方没有同意，还发了一个问号过来。

孙殊君重新发送好友申请并说：人资部孙殊君。

那边没有回应。

呵呵，当谁很想加你似的？

第二天一早姜屹就来跟她解释："孙部长，昨晚我睡了，没有看到消息。"

"嗯，没事。"孙殊君面不改色地说，"是经理让我把你拉进群我才找你的。"她翻出群二维码递过去，"你直接扫码进群吧。"

姜屹"嗯"了一声，拿着手机过来扫了一下，进群之后也没再加她。

中午休息的时候孙殊君和小赵在茶水间闲聊，几个实习生进来接水，姜屹走在最前面，到了饮水机前又避了一下，让后头几个女生先打。

水接了一半，饮水机的水空了，姜屹又二话不说换了一桶新的。

换水桶时喷发的男友力和绅士风度，让在场的女生都冒星星眼了。

孙殊君白眼都要翻到天上去了，换个水桶而已，换哪个男的来不会换？

白眼收回来的时候，刚好和姜屹对视了一下，孙殊君又装作若无其事地低头喝水了。

几个实习生端着水杯到了公司的露台去。

这是他们的小窝点，平时中午都会过来聚一聚聊一聊，姜屹一般不会过来，但是在茶水间碰到了，不一起过来的话显得很不合群，所以就一起来了。

他们说到各自领导的一些小习惯，宣传部的部长每天都要喝花茶，所以那个部长的实习生每天都会提前两分钟到公司给他泡茶。

姜屹很不解："为什么要帮他泡？"

那个实习生笑着说："姜屹你一看就是养尊处优的贵公子，你作为一个实习生，到人家部门实习，不仅帮不上什么忙，人家还得教你，人家又不是没工作做，你泡杯茶表示表示，不是应该的吗？"

另一个实习生也苦着脸说："唉，像我那个部长，每天都忙得要死，根本没闲工夫搭理我，我都来一个多礼拜了，还皮毛都没摸到，简直是浪费时间。"

姜屹心想完了，我不仅从来没表示过，还跟部长有过龃龉。

所以第二天，姜屹就提前到了公司，帮他的孙部长接了一杯开水。

他观察过几天，他们部长早上只喝白开水。

几分钟之后孙殊君到了公司，她开了电脑，然后很顺手地去拿她的杯子要去茶水间打水，她没料到杯子里有水，一下子没拿稳，开水泼了一桌子，还溅了一点在她手背上。

孙殊君有点蒙："欸？"

姜屹一直在对面观察，看到她弄洒了杯子，立刻心急如焚地冲过来："部长部长！你没事吧！我看看。"他抓着她的手看了又看，又赶紧把自己买的冰矿泉水敷在她手背上。

孙殊君想抽回手。

"别动，先敷一下。"

"我自己来。"

姜屹看了她一眼，松开手："哦。"

孙殊君接过矿泉水，姜屹已经利落地开始收拾桌面上的水了。

"我杯子里怎么有开水？"孙殊君平静地问。

姜屹愣了一下，然后连忙解释："对不起部长，我是看你平时来公司都先打一杯开水的，但是开水供不应求，所以就提前来帮你接了，对不起忘记提醒你了。"他说完了看了看孙殊君的脸色，又小声解释，"我不是想整你什么的。"

这下真的是偷鸡不成蚀把米了。

孙殊君没一会就想明白了："跟别的实习生学的？"

"嗯。"

孙殊君有时候会听到别的部门讨论他们的实习生，某某某很乖巧，每天都给部长泡茶擦桌子，他们似乎以此来判定一个实习生合不合格。

"我们部门不需要搞这种。"孙殊君说，"做好你工作以内的事就好了。"

姜屹看了看她，没有作声。

"你放心，我不会因为之前的事情对你有偏见，工作是工作，该怎么做就怎么做，能教的，我也一定会教。"

姜屹擦干净桌子直起身子看她："我知道了，部长。"

她话说得冠冕堂皇，但其实知道姜屹是董事长外甥之后，孙殊君一直觉得很为难。

既不能让他做太多事，也不能什么都不让人家做。

而且姜屹学习能力很强，有时候交给他一件事情，孙殊君是打算让他弄一天的，结果他两小时就弄好了，然后她又得重新给他找事情做。

这几天孙殊君要做一个素质拓展训练方案，她交给姜屹写了，姜屹写了一天才交过来，而且方案有很多问题。

姜屹也挺不好意思的："写东西不是我的长项，以前没怎么写过。"

"嗯。"孙殊君敲着电脑说，"我给你把格式调一下，做一些批注，然后你再改。经理让我明天早上交过去，所以今晚必须得搞定。"她抬头的时候正好看到姜屹在看手表，便笑了一下，"赶时间？"

现在已经下班了，但在他们公司，其实加班是常事。

姜屹摇头："没有。"

小年轻脸上根本藏不住事，一看就是有。

"约了女朋友？那你先走吧，别耽误谈恋爱了。"

"我没有女朋友，是今天家里面有聚餐。"姜屹说，"不过晚一点没事。"

孙殊君没再劝，"嗯"了一声就继续做自己手头上的活了。

可是方案哪里是半小时能赶出来的？孙殊君只是马马虎虎修了一下

都花了二十多分钟，那边姜屹又改了差不多一小时。

孙殊君做完手头的事之后过去看了一眼："这边流程可以先空出来，具体还得跟度假山庄那边沟通。"

"嗯。"姜屹低头删掉。

"差不多了，你给我吧。"

姜屹愣了一下："我才改了一半。"

"没事，后边的没什么了，你先回去吧，我来做就好了。"

姜屹看了她一眼，犹豫了一下，想说什么，但孙殊君已经走回自己位置上了。

姜屹把文档保存发给了她，然后脑袋从电脑后边冒出来："那我，溜了？"

孙殊君盯着电脑头也不抬："嗯。"

姜屹收拾了东西出去，走到门口的时候有人在背后叫了他一声。

"姜屹。"

姜屹回头，发现是当初面试过他的小赵，便打了声招呼。

"嗯，才下班啊？这么晚。"

"今天写了一个方案，所以晚了一点。"

"对哦，这几天人资部会很忙，我又不在，孙姐要做好多事哦。幸好有你在，可以帮点忙。"

说得姜屹都有点惭愧了："我没帮上什么忙，都还在学。"

"没事，慢慢来，孙姐很有耐心的。"小赵说，"不过要过一段时间了，这几天她应该很忙，我看她前两天都加班到一两点呢，白天应该也没精力教你。"

姜屹心跳微顿："小赵姐，平时人资部的方案都是你写吗？"

"啊，一般来说都是我写的，然后孙姐再过一遍，像素质拓展训练、考勤、招新、竞岗培训这些都是我写的，她哪有空写这些啊。"

两人一起走到公司大门口，小赵问他："你是要搭地铁回去吧？要不坐我的车，我顺路送你一程？"

"不用了，谢谢小赵姐，我好像还有东西落在公司了，我回去一趟。"

小赵："嗯嗯，去吧。"

姜屹在公司附近打包了两份凉面，又去买了两杯奶茶，回办公室的时候发现经理也在，靠在孙殊君的桌子上在和她说话，两人之间的距离有点近，要不是孙殊君在他推门进去的时候露出松一口气的表情，他还以为他俩是在谈恋爱。

经理看起来倒是有点尴尬："姜屹啊，你没下班吗？"

"啊，今天要加班。"姜屹把食物放到桌子上，又半开玩笑地说，"还有一份方案要赶。我是不是打扰你们了？"

经理脸上的表情更尴尬了："没有没有，我就是找孙部长说点事，那你们忙，我先走了。"

经理出门的时候孙殊君看了他一眼，眼底全是厌恶的神情，姜屹收回目光，将食物递过去："孙部长，先吃点东西吧。"

"谢谢。"孙殊君冲他笑笑，"怎么又回来了？"

"我在楼下遇到小赵姐了，她说你这段时间会很忙，怎么能有领导还在加班，我就先溜了的道理。"

孙殊君扬了扬眉："这么懂事？我不喝奶茶。"

"哦，那给我喝。"

刚才的事，姜屹没有过问，孙殊君也没有再提，两个人埋头工作，一直加班到了一点多。

走出公司大门的时候，姜屹眼睛都睁不开了。

"住哪儿？我送你回去。"

姜屹没有再拒绝，这个点已经没有地铁了，也不好打车，他报了地址，又问："离你家近吗？"

"不远，刚好顺路。"

孙殊君的车开得很稳，半路上姜屹没顶住睡着了。

到他家的时候，孙殊君摇了摇他："小孩？"

姜屹迷迷糊糊睁开眼："到了？"

"嗯，你倒是睡得挺舒服的。"

姜屹挺不好意思的："我平时睡得很早，那我先回家了，谢谢孙部长。"

"嗯，回吧。"

第二天姜屹到公司的时候，孙殊君已经到了。

这个点公司没几个人，他买了两份早餐，进门的时候又看到了经理在，依旧挨着孙殊君在说话。

"经理早，孙部长早。"姜屹打了招呼，然后走到自己位置上，"吃早餐了吗？"

孙殊君抬头冲他笑了一下："早，吃过了。"

经理也冲他点点头："早啊姜屹，今天怎么这么早？"

"昨天的方案还想再看看。"

"哦，素质拓展训练的方案，你们孙部长正在跟我说，她说是你写的，挺不错的。"

姜屹笑了笑："不是我一个人写的，是在孙部长的指导下写的，而且后边还麻烦孙部长改了很多。"

"嗯。"

经理微微弯着腰，一手撑在孙殊君的桌子上，一手搭在她椅背上，几乎是贴着她的脸在说话："小孙，你再给我说说这里，具体的流程是怎么走。"

孙殊君往旁边偏了偏："具体的流程还要和酒店那边沟通……"

姜屹推开椅子走过来，笑着说："经理经理，这部分是我写的，我来跟你说。"

孙殊君愣了愣，看了他一眼。

"部长，你给我个机会。"姜屹说，然后不等经理反应过来，抓着孙殊君的手腕把她拉起来，坐下去的时候几乎扑进了经理的怀里，"这个部分我是打算这样的……"

经理理了理领带，有点尴尬，但又不好说什么，只能硬着头皮听他巴拉巴拉讲了快半个小时。而且每当他想直起身子的时候，姜屹都会兴冲冲地扯着他的胳膊迫使他弯腰去看电脑。

等他终于讲完的时候，经理觉得自己的老腰都要断了。

经理走之后，姜屹才伸了伸懒腰站起来："哎呀我的早餐。"

他买的肠粉都干了。

"孙部长你吃吗？"

"我吃过了。"

"再吃点呗，我买了两份。"

"嗯。"

这件事就这样被他翻篇了，孙殊君都没来得及说谢谢什么的。他明明已经看破了，但是却没有多说一句，可见情商高得可以。

之后经理消停了很长一段时间，也不知道是因为这个，还是因为孙殊君重感了，他怕被传染。

大夏天重感确实挺难受的，孙殊君浑身不舒服，还一直流鼻涕。

对面的姜屹忍无可忍："部长，您能擦一下鼻涕吗？"

"哦。"孙殊君抽纸擦了一下鼻子，"还不是怕你嫌弃吗？之前打嗝你都受不了，我要是频繁地擦鼻涕，你又该叫我出去了。"

姜屹赧然："擦吧，我能忍受，除了抠脚丫子，我都能忍受。"

孙殊君"扑哧"一声笑了，这一笑可不得了，笑得鼻涕都冒了个泡。

她自己愣了一下，对面的姜屹也愣了一下，然后露出一副很崩溃的样子，捂着眼睛拿着水杯出门了。

背后是孙殊君更大声的笑声。

孙殊君感冒好了大半的时候，素质拓展训练如期举行。

地址就选在郊外的温泉别墅，整个公司，上至领导层，下至实习生，都要参加，整整坐了三辆大巴车。

孙殊君在前面安排人员上车，姜屹在后面点人数签到，等他俩上车的时候，就只剩下最后一辆车的后排了。

两人往里走，走到中间的时候有个前台的女生冲姜屹招了招手："姜屹，这里还有位置，和我一块坐吧。"

姜屹在公司人缘很好，听说进公司的第二天，所有年轻女生都在问他的微信。一半是因为他长得帅，一半是因为绅士，就是那种有钱人家孩子从骨子里透出来的从容优雅，但是又不会显得冷淡，相反他还挺和善的。

孙殊君不知道他对别的女生怎么样，反正是三天两头请她喝下午茶，买水果沙拉给她吃，有一次她来姨妈不舒服，他还特意去买了个壶回来给她煮生姜红糖水。

孙殊君没有停留，径自走到后排靠窗的位置坐下了，没想到几秒之后姜屹也跟着走过来在她旁边坐下了。

孙殊君奇怪："怎么不坐那边？"

姜屹扬了扬手里的名单："不是要和你核对名单吗？"

孙殊君失笑："不是和你说了不用核对了吗？而且我晕车，看不了东西。"

"我知道。"姜屹凑近了一点，"我不想坐那边。"

"这么漂亮都不喜欢啊？"孙殊君开玩笑说，"那你眼光挺高的。"

"我眼光不高，只是觉得跟她不熟，坐一块尴尬。"

"跟我坐一块就不尴尬了？我还是你上司欸。"

"可能是因为我们天天坐一块，都已经习惯尴尬了。"姜屹说，"部长，让我坐靠窗吧？我晕车。"

孙殊君想也没想就拒绝了："不要，我也晕。"

开车之后孙殊君就闭眼休息了，过了一会儿，姜屹看了看她，有些担忧："你还好吧？不会吐吧？"

孙殊君："你脸色和我一样差谢谢。"

"喝点水？"

"不想喝。"

姜屹去拿了塑料袋回来，一人一个分了，孙殊君看到塑料袋更难受了。

她把塑料袋挂在耳朵上，下巴兜着，这样吐的时候低头就可以了，这个样子把姜屹笑抽了，还一边学她一边也套上塑料袋。

他们刚套好塑料袋，前排的女生就哇的一声吐了。

这吐得那叫一个猝不及防，密闭车厢里的味道瞬间难以言喻，姜屹、孙殊君挨得最近，整个人都要疯掉。

前排女生旁边是她男朋友，手忙脚乱帮她拿水拿纸，处理到一半自己也忍不住接过袋子吐了。

后排的姜屹、孙殊君目睹了全程，目瞪口呆。

"我要疯了……"

姜屹也不行了，他偏开头拿额头抵着孙殊君的肩膀，笑得发抖："又恶心又好笑怎么办。"

"求你了。"孙殊君很绝望，"别吐我身上。"

"哈哈哈哈哈哈。"

班车抵达酒店的时候，孙殊君是被姜屹扶着下车的。

之后办理入住分发房卡都是姜屹一个人在弄，孙殊君坐在露台上喝水休息，远远看着姜屹办事，稳妥又利落。

中途他望过来一眼，孙殊君冲他比了一个大拇指。

给所有人分完房卡之后姜屹才跑过来，将房卡递给她："部长，这是你的。"

房间是随机的，但姜屹发房卡的时候留的两张是连着的，所以两人就住隔壁。

入住之后是动员大会，午餐之后素质拓展训练才真正开始。

素质拓展训练的第一项就是破冰之旅，主持人由经理自告奋勇地担任了，他增加了一项方案之外的活动。

"公司就是一个大家庭，一家人在一起处事，难免会有摩擦和误会，但是很多时候我们并没有机会去消除误会，所以我今天特意增加了这一项，希望大家都能消除误会，做相亲相爱的一家人。"

孙殊君和姜屹对视了一眼。

"今天的这个平台，就是一个很大的机会，请大家勇敢地站到台上来，将你认为和他有误会的人叫上来，说清楚，给彼此一个拥抱，化解矛盾。"

姜屹和孙殊君看经理的眼神就像看白痴。

自然不会有人承认自己和别人有矛盾，就是真的有矛盾，也不会上去求和，所以经理话音落地的时候，场上鸦雀无声，一阵尴尬。

经理的视线巡视了一圈，孙殊君大感不妙，连忙低下头躲避他的视线。

果不其然那人下一句便是："既然没人敢上来，那我就起个头吧。"

姜屹看到他的视线已经转到孙殊君身上了，他暗地骂了一声，然后噌地站了起来："经理。"

经理：？

"我来吧。"姜屹笑嘻嘻地跑上台，从经理手里接过话筒，"我其实进公司之前，就见过我领导孙部长了，那时候我在图书馆看书，她去图书馆加班，然后不停地打嗝，打得我很心烦，就叫她出去。加了我和孙部长的人应该会看到，我和她分别发过一条朋友圈吐槽的。"

底下有人笑出了声，还有手快的，已经把两条朋友圈截图发到了公司的群里。

孙殊君看了看截图，有点好笑。

——在图书馆自习室不知道为什么开始不停地打嗝，然后对面的一个男生面无表情抬头对我说"出去"。[大哭] 我也太惨了吧。

——难得想来图书馆升华一下自己，前面的女生打嗝，后面的男生抠脚，我？？？［再见］

遥相呼应。

"所以我其实一直都对孙部长有误解，我以为孙部长会因此给我小鞋穿，结果她非但没有，还教了我很多东西，这一个多月来，我成长了许多，我很感激她。"姜屹望着她说，"希望今天能和她解除误会。"

底下的人开始起哄，孙殊君旁边的人还推了推她："快上去。"

孙殊君大大方方地上了台，说自己并不介意。

台下的人又开始叫："不介意就抱一下。"

姜屹已经笑着展开了双臂。

孙殊君本来都做好了要被经理抱的准备，现在换成了姜屹，当然是赚了。

她走过去伸开手抱住了他。

一个拥抱，应该是一触即放，最多不过一秒，她抱了一下就要松手了，结果在她要松手的时候，姜屹才合上手臂环抱住她。

两人都愣了一下。

姜屹以为她不会抱他，孙殊君以为他不会抱她，所以导致两人都伸手抱了对方。

一个礼貌的拥抱，瞬间就变了味道。

有人在下边吹了声口哨，双方才匆匆忙忙松开手，孙殊君先行一步下台，姜屹还拿着话筒："谢谢孙部长，谢谢经理。"

经理脸色不太好看："很好。"

受到姜屹的启发，其他实习生以及各部门的同事都半开玩笑地上了台，然后叫上自己的领导，溜须拍马了一番。

孙殊君和姜屹两人回座位之后没有再对话一句，更没有眼神交流，孙殊君盯着台上，姜屹低头玩手机，终于等到结束，经理宣布可以去吃饭的时候，大家都在欢呼。

在这嘈杂的欢呼声中，孙殊君耳边传来一句话："没有声谢谢吗？"

"谢谢啊。"孙殊君说。

不知道为什么，她觉得自己有点脸红。

"他这样……有多久了？"

孙殊君隔了一会儿才意识到他问的是经理。

"没多久，就你撞见的那两次，第二次他来找我的时候，我都准备好了开水，打算在他靠近的时候用手肘弄泼开水烫他一下的，没想到你过来了。"孙殊君说，"他有过先例的，在我进来之前，一个前台的妹子，后来他被那个妹子的男朋友在停车场堵住打了一顿，如果不是你，我可能也会找个朋友来打他一顿的。"

姜屹笑了一下："还是打他一顿比较解气。"

孙殊君笑得挺无奈："是挺解气的，但这是下下策，上次那个打他的妹子已经被逼得辞职了。"

姜屹没有再说什么。

晚上的聚餐很热闹，气氛也很活跃，经理带头敬酒，最后变成了各个部门相互敬酒。

现在人资部人丁凋零，就孙殊君带着姜屹转各个桌子，怕他喝不了，大多数都是孙殊君替他喝了。

姜屹挺着急的："部长，你不用替我喝的。"

"你不是说你酒精过敏吗？"

"我带了药。"

"我没事。"孙殊君小声说，"我酒量挺好的。"

有同事调侃："小姜，你看你们部长对你多好，实习结束就别走了吧。"

姜屹笑笑没做回答。

她其实有点醉了，姜屹能看得出来，虽然脸上有妆看不出来，但耳朵通红，而且眼神几乎不聚焦，想吃个虾半天都夹不上来。

姜屹便帮她夹了几个，还亲手替她剥好放在碗里。

孙殊君偏头看了他一眼，笑了："真乖。"

经理又转到了他们这桌，还点名要跟孙殊君喝三杯。

姜屹现在看到他这个秃头就烦，孙殊君已经端着杯子要站起来了，被姜屹拉了一把。

"经理，我先敬您三杯吧，谢谢您把我安排在人资部，让我跟了一个这么好的领导。"

经理看到他腰就隐隐作痛，如果换了别的实习生，早就想办法把他调走了，偏偏他是关系户，背景还不小。

也因此，他没好拒绝他，被迫和他喝了三杯。

这三杯姜屹喝得又急又快，孙殊君都没来得及拦，而经理作为领导，当然不能比他慢，放下杯子的时候，他都觉得自己有点上头了。

"经理，再来三杯，这三杯是我替我们孙部长敬您的，呃，就替她谢谢你，给了她一个我这么乖这么聪明的实习生。"

孙殊君在旁边都"扑哧"一声笑了。

全桌的人都笑了："小姜平时怎么没发现你脸这么大啊？"

"来吧经理。"姜屹说着还抬了抬经理的手肘。

他用的这种开玩笑的语气说，经理也根本没法拒绝，又半推半就地跟他喝了三杯。

喝完三杯他就赶紧回自己位置上去了。

姜屹帮她剥了一会儿虾，中途出去了一会儿，回来的时候拿手蹭了蹭孙殊君。

孙殊君："嗯？"

姜屹冲她眨眨眼。

孙殊君低头才发现姜屹手关节上红彤彤的一片。

"怎么了？"她小声问。

姜屹没有作声，她还要再问，就看到经理怒气冲天地回来了，他坐在自己的位置上，死死地盯着孙殊君。

对方衣衫有些凌乱，脸上也有些红肿，似乎像是……被人打过。

孙殊君立刻就反应过来了，她的心提了一下，下意识地在桌子下面握住了姜屹的手。

姜屹本来在跟旁边的人说话，被握住之后他回头看了她一眼，冲她笑了一下，递给她一个放心的眼神。

周围的人不知道发生了什么事，都望着经理窃窃私语。

之后姜屹表现得像个没事人一样，散场之后还拉着她让她给他擦药。

"酒精过敏了，浑身痒得难受。"

孙殊君没办法，只得跟他进了他的房间。

姜屹进房之后就吃了药，然后毫不避讳地脱掉了衣服，孙殊君愣了一下，然后挺害羞地避开了视线，她想让他换个男生来帮他擦药的，话到了嘴边又被她咽下去了。

姜屹把药膏递给她之后，就舒舒服服地躺到床上去了。

孙殊君跪坐在床边，挤出一点药膏抹在他背上，指尖带着冰凉的药膏在他背上抹开，姜屹发出一声舒服的叹息："每次喝多了，最享受的时候就是擦药的环节了。"

孙殊君没作声，他又加了一句："不过以前都是我哥们儿帮我擦，他们手劲大，擦个药弄得像推拿。"

孙殊君在他背后笑了一声："后边擦完了，还有别的地方吗？"

姜屹侧着脑袋看她："还有前胸和大腿内侧，你要一起帮我擦了吗？"

孙殊君顿了顿，面不改色地挤出一点药膏："来啊。"

姜屹反倒是不好意思了起来，他穿上衣服坐起来："算了，我自己来吧。"

孙殊君把药膏递给他，姜屹伸手来拿，她却没放，而是望着他问："今天你打经理了？"

姜屹一脸无辜："啊？"

孙殊君看着他没说话，隔了几秒姜屹才笑了："嗯，蒙着头狠狠揍了一顿，他应该会老实了。"

"你疯啦？不怕被他看到？"孙殊君挺无奈的，"而且打他这种事也应该悄悄做，找别人做啊。"

"这个治标不治本，他这种人，就应该给他一点教训。"姜屹说，"我说了，让他以后离公司的女生远一点，再有下次，就让我舅舅开了他。"

孙殊君"扑哧"一声笑了："后一句话的威慑力更大吧。"

"对，打他是治标，那句话短时间内应该能治本。"

孙殊君突然有些感慨："我现在都还记得第一次见面的时候，你冷酷无情地冲着打嗝的我说让我出去。真没想到，你会是一个正义感这么强的男生。"

姜屹笑了一下："你没说错啊，我内心是挺冷漠的，这种多管闲事的事，我很少做，我活了二十多年，也就救过一只猫而已。今天只是因为是你，我才做的。"

孙殊君心跳有些加快，她笑着打哈哈："因为我是你上司吗？"

姜屹望着她笑而不语。

孙殊君有些慌乱地低头："我先回去了。"

"嗯，晚安。"

孙殊君回自己房间后才发现微信里有一条未读消息，是经理发过来的，他说自己今天被打了。

孙殊君装作很意外的样子，回复道：怎么会被打？被谁打了？你刚刚怎么不说？

经理回她：我被谁打的，你心知肚明。

孙殊君：啊？

经理又问：你现在是在跟你的实习生谈恋爱吗？

这话问得孙殊君微微一愣。

她没有回复，经理也没有再说话。

第二天的素质拓展训练大多是体能训练，姜屹参加了攀岩，还拿了个第一名，上去之前他把手机交给她，让她帮忙拍视频，所以到顶之后他立刻就回头在人群里搜寻孙殊君的身影。

视线对上之后，姜屹冲她笑了笑，露出一口大白牙。

底下的女生一片尖叫："姜屹威武！姜屹好帅！"

攀岩第一名奖品是个 kindle，当初订奖品的时候孙殊君就说了想要这个 kindle，所以姜屹拿到奖品之后就递给了孙殊君。

孙殊君以为他是让她帮忙拿着，谁知道走的时候再给他，他却说不要了。

"我家里有一个 kindle 了。"

"那我给你折现？"

"不用了，送你了。"

孙殊君一下子顿住了脚步："我不要。"

姜屹挺无奈的："那放办公室一块用吧。"

素质拓展训练回去之后没多久，几个实习生的实习期就到了。

按照惯例，她要去各部门了解情况，还要挨个和实习生谈谈，问对方有没有意愿留下。

最后才是姜屹。

她之前在办公室也跟姜屹谈过，她以为他肯定不会留下，毕竟以他的学历和家庭背景，会有更好的去处，这里只是他的一个台阶罢了。

没想到他却犹豫了，还说要考虑几天。

"实习期快要结束了。"孙殊君把他叫到会议室问，"考虑得怎么样了？"

"考虑好了。"姜屹说，"我想留在人资部。"

孙殊君愣了一下："啊？你要留在公司？"

"嗯。"姜屹笑了一下，"不欢迎吗？"

"在我们这里，有点埋没人才了。"

"你这话要是让我舅舅听到了，他肯定会不高兴的。"

孙殊君也笑了："我只是想给你最好的建议，你学历不低，学的专业也很好，毕业了肯定有很多大公司抢着要，你要不还是再考虑考虑？"

姜屹叹了口气，把下巴磕在桌子上："别的部门都在拼命留实习生，怎么你还赶我走啊？"

"还不是为你好？"

"我自己也考虑过了，去大公司，就得从基层做起，留在我舅舅的公司，说不定两个月就让我做部长了呢。"

孙殊君：？？？

"你做部长？你做部长了，我怎么办？"

"你去做经理呗。"

孙殊君好笑："行行行，姜部长，你自己决定。"

这声姜部长叫得他浑身舒服："哎，再叫两声听听？"

"滚蛋。"

几天之后姜屹的实习期结束了，他回了学校，天天给她发微信吐槽他的毕业论文。

姜屹走了之后，小赵就调回来了，工作也轻松了很多。

月底开会的时候，董事长回来了一趟。

董事长很少在公司出现，以前孙殊君也没关注过，但是自从知道他是姜屹的舅舅之后，孙殊君就没法不去注意。

会议结束之后，董事长将经理留了下来，其余人回了办公室。孙殊君心思不在工作上，发了半小时呆，随后经理敲门进来叫她："孙部长，董事长找你。"

小赵比她还诧异："董事长找我们部长干吗？"

经理脸上有掩饰不住的幸灾乐祸："这我就不知道了。"

孙殊君忐忑地推开了董事长办公室的门："董事长，您找我？"

姜屹的舅舅是个四十多岁的中年男人，看起来很有气度："孙部长？请进。"

他邀请孙殊君在沙发上坐下，亲自给她倒了茶，开门见山地说："我外甥这两个月是在你手下实习的吧？"

"对。"孙殊君点头，"姜屹在人资部实习了两个月，他很聪明，也愿意学，是个不可多得的人才。"

董事长笑呵呵的："这个我知道，从小我就知道他很聪明，所以才死活让他来我公司实习的，就是他妈妈一直很反对。"

孙殊君也冲他笑笑，一时不知道说什么好。

"他学历那么高，专业又好，找实习单位的时候就有很多大公司跟他抛橄榄枝了，他妈妈那边也帮他选好了公司，谁知道他来我这里实习两个月之后就决定不走了，把他妈妈气得不得了。"

孙殊君莫名有些紧张："这个问题我之前也跟姜屹谈过，他说他很喜欢公司的氛围，又因为您的原因，觉得在这边发展会比较好，所以想留下来。"

董事长笑了笑，意味深长地望着她："是喜欢公司的氛围，还是喜欢公司的某个人？"

孙殊君微微有点窒息，望着他不敢说话。

"我其实不知道的，姜屹没跟我们透露过，上次吃饭也只是对你这个领导赞不绝口，今天我就是想过来看看，没想到你们那个经理会跟我说起这个。"

孙殊君微微咬牙："董事长，您别听别人瞎说，姜屹在公司上班很安分，没谈恋爱。"

"没谈？"董事长挑眉，"这还没谈上？这小子不行啊。"

孙殊君："啊？"

"叫你来不是想指责你，年轻人喜欢谁我管不着，谈不谈恋爱，公司也不会管，主要是想和你说一下姜屹工作的事情。"董事长说，"我原本以为他想留下来，是觉得我公司好，现在看来只是为了你，那我觉得没必要啦，谈恋爱不是非要在一个公司谈嘛。现在看来他留下来不是为了谈恋爱，是为了追你啊。"

孙殊君觉得自己脸都红了："董事长，姜屹没喜欢我。"

"你别管他喜不喜欢你，我就问你，你喜欢他吗？"

孙殊君没有回答。

"如果喜欢的话，就和他在一起，如果不喜欢，就趁早拒绝他。无论如何就是，别浪费时间来我这个公司追你，给他妈妈知道了，得劈死我。"

孙殊君从董事长办公室出来之后没多久，就收到了姜屹发来的微信，连着好几条。

姜屹：？

姜屹：在干吗？

姜屹：我那个实习报告评语想让你帮我重新写一下。

孙殊君回复他：好，要怎么写？我写了寄给你吧。

姜屹：不用寄，我现在在回去的路上，晚点直接到公司找你，你几点钟下班？

孙殊君：今晚加班，应该会比较晚。

姜屹推门进来的时候孙殊君正在吃泡面，对方一看见就伸手夺走了："我就知道你加班要吃这个，所以特意绕路给你买了瓦煲饭和汤。"

孙殊君冲他笑笑："谢啦。"

　　姜屹把餐盒放到桌上，看了她一眼之后微微愣了一下，然后面色变得凝重了起来："你脸怎么了？"

　　孙殊君"啊"了一声，捂住脸："没什么。"

　　"什么没什么，这明显是被人打了。"姜屹急坏了，他伸手拿开她捂着脸的手，"都青了，怎么回事？"

　　"真没什么，就是不小心撞的。"

　　姜屹皱着眉问："是不是那个老秃驴报复你？"

　　"啊？不是不是。"

　　姜屹转身就要出门，孙殊君吓了一跳，连忙拉住他，结果不仅没拉住，还差点被他带出去，她没办法，只能伸手抱住他的腰："真的不是，我就是，这几天在练泰拳，被同组的学员误伤了。"

　　姜屹身子僵了一下，孙殊君这一抱抱得特别结实，前胸贴后背，姜屹脸都要红了，根本没听清她在说什么。

　　"姜屹？"孙殊君松开他。

　　"啊？哦！"姜屹摸摸眉骨掩饰了一下眼神，"你先吃东西吧，一会儿凉了不好吃。"

　　孙殊君坐下吃饭，姜屹拖着小赵的椅子到她桌边坐下，撑着下巴看她："听说我舅舅今天来公司了？"

　　"嗯。"孙殊君说，"还特意找我去了解了情况。"

　　姜屹有点紧张："他说什么了？"

　　孙殊君望向他："你回来到底是因为实习报告，还是因为这件事？"

　　姜屹没说话。

　　孙殊君："你不说，我也就不说咯。"

"是因为这件事。"姜屹老老实实地说，"我担心经理会跟他说你的坏话。"

"他确实说了。"孙殊君说，"他跟董事长说你和我搞办公室恋情，我可能要被开了。"

姜屹一下子就笑了："我舅舅不会因为这个开你。"

"他为什么不会？"

姜屹望着她的眼睛说："因为他知道我喜欢你。"

孙殊君本来还想逗他一下的，谁知道他冷不丁地就表白了，弄得孙殊君不知道作何反应了。

"他是不是还跟你说，如果喜欢我就和我在一起，不喜欢就尽快拒绝我，不要让我为了你来他公司上班？"

"话都让你说完了，我还说什么？"

"你就说……"姜屹声音有点低，也有点紧张，"你选择什么？"

"我选什么？我反正是不选办公室恋情的。"

姜屹看起来有点委屈："那我不回来上班嘛。"

"哦，那勉强答应你吧。"

姜屹一愣，然后笑了，他伸手捏捏她的脸："哇，那真的是好勉强你哦。"

"这个汤哪里买的？"

"外卖送不到，以后你想吃，我给你买来。"

"好啊，好好喝哦。"

"真的吗？我尝一口。"

孙殊君递勺子过来，姜屹摇了摇头拒绝："我要尝你嘴里的。"

孙殊君："那你先去看看外边还有人吗。"

　　姜屹飞快地跑出门溜了一圈，然后跑回来，美滋滋地说："报告部长，公司里没人了，就我们俩！"

　　"那来尝。"

♥♥♥ Chapter 10 ♥♥♥

花 蝴 蝶

余朦朦从书房出来的时候，逮到沈饶在走廊抽烟，她马上举起手机一顿猛拍："你完了，抽烟被我拍到了，快给我打钱，不然我立刻发给晗雨。"

沈饶非常无语地吐出一口烟："你这是打算靠勒索我发家致富了吗？"

余朦朦"嘿嘿"一笑，递出收款码："多少您随意哦。"

沈饶叼着烟给她转了五万过去，她还嫌少："您这真的，越来越小气了啊。"

"多担待点。"沈饶笑眯眯地说，"你哥哥我准备结婚了，不得攒点老婆本嘛。"

余朦朦顿时一阵羡慕："真好，可以和自己喜欢的人结婚。"

"你也可以的，妹妹。"沈饶非常敷衍地安慰了她一下。

"我可以个鬼，你知道吗，我这个月，都相亲第八次了。"

沈饶看了看手机："还好，今天才九号，一天相一个不算多。"

余朦朦忍不住踢他："站着说话不腰疼。"

"你觉得我之前的频率会比你的低吗？"沈饶幽幽道。

他们这种家庭，一旦成年，家里面就开始张罗着物色合适的人选，说好听点是商业联姻，说难听了就是配种。

沈饶真的很聪明，在家里人真的开始着急起来之前，先找到了喜欢的人，还迅速地偷偷骗女孩子领了证，因此逃过一劫。

她就比较惨了，没有喜欢的人，天天被当作产品一样地拉出去陈列，等着合适的买家带走。

她试过谈恋爱，像沈饶那样，不过不是谁都有沈饶的好运气。她遇到了渣男，家里人给了一万块，男的就马上收钱走了。

一万块，真是无语。

她还试过装蕾丝，结果她爸妈给她找了个门当户对的蕾丝，还跟她说，可以去国外领证。

她真的被吓到了。

从此乖乖去相亲。

好歹能嫁给男的。

两人一起出门，沈饶问她要去哪儿。"顺路的话带你一程。"

"去深水，一个小姐妹过生日。"余朦朦说，"我也没啥好送的，你给我们免个单呗。"

沈饶"啧"了一声："你账赊得还少吗？"

"话又说回来了。"余朦朦很纳闷，"传说深水艳遇最多，我天天往你那儿跑，怎么也没找到个男朋友？"

"你问我？"沈饶想笑，"别人喝酒从酒吧玩到开房，你喝酒从大厅吐到走廊。"

沈饶把她送到深水，还特地跟领班说了一声照看一下，然后就急急忙忙回家了。

那个离开的背影，又幸福又嘚瑟，看得余朦朦酸得要命。

今天余朦朦运气很差，玩游戏输了喝了很多酒，还都是洋酒。

中途她出去透气，迷迷糊糊中在休息的露台上看到一个人影在抽烟，看着很像沈饶。她马上绕过去，拿起手机一顿猛拍，接着很娴熟地打开收款二维码，说："又被我逮到抽烟，老板结账。"

对面的男人用疑惑的口吻问她："这里不让抽烟？"

是一道完全陌生的声音。

余朦朦一下子就清醒了不少，抬头一看，果然是认错人了。

男人穿着和沈饶一个色系的衣服，发型也很像，身高也一样，难怪她会认错。

"不好意思，认错人了。"余朦朦说。

对方似乎笑了一下，很不在意的样子，又带了点见怪不怪的感觉。

余朦朦福至心灵，他这种男人，大概是经常被搭讪的，所以他以为她也是来搭讪的？她想开口解释自己是真的认错人了，但是话到了嘴边，却变成了"要不要一起进去喝一杯"。

她是真的醉了，醉意蒙眬间觉得眼前的男人很好看，总想着要跟他发生点什么。

男人闻言又看了她一眼。

这一眼才算是正眼打量，他的视线先是落在她脸上、胸上、腿上，再然后是落在她跨在手腕的包上。

再然后看也不看她，伸手掐灭了烟，留下一句"我不喜欢你这款"就走了。

余朦朦这下是真的酒醒了。

"不是，凭什么啊？"余朦朦好郁闷，"我这包四十万呢。"

明明看她的脸的时候，眼神都不一样了，落到包上之后又变得不感兴趣了，好不识货一男的。

"是这样的。"小姐妹跟她说，"来这儿玩的男的，都是贵公子，什么名媛闺秀没看过，吃都吃腻了。现在的男人啊，都喜欢什么勤工俭学的大学生，那种挤地铁的小白领，对你这种大小姐，唯恐避之不及呢。"

另外一个小姐妹嗤之以鼻："殊不知现在的大学生最讨厌这种二世祖了，傻子才和他们谈恋爱呢，人都喜欢跟二世祖的老子……"

余朦朦在沙发里睡过去了。

第二天醒来的时候，已经在家了。

估计又是酒吧的人把她送回来的。

她睁眼看手机，猝不及防就看到了她屏幕上的动态壁纸。

是一个陌生男人，身形颀长，侧对着她，修长的手指夹着一根烟，他吸了一口，然后低头缓缓吐出，烟雾中他的侧脸帅得叫人心跳瞬停。

昨天她不小心拍到的。

昨晚断片之前的回忆细水流一样涌入她的脑海。

真该死，她被这个好看的男人拒绝了。

余朦朦去相册翻了一下，她居然还拍了好几张，都是 live 动图，她很少能看到抽烟都能让她心动的男人（她一向不喜欢二手烟）。最后一张男人察觉到她在拍他，偏头看了她一眼，这一眼让她看到了他的正脸。

是一张帅得很含蓄、很低调的脸，很有味道。

正中余朦朦的靶心。

她前任就是长这样子的，她超喜欢这种款，难怪昨晚会那么大胆邀请人家进去喝酒呢。

她出门的时候在楼下遇到沈饶了，对方刚把老婆送去上班，又无所事事地回来打算睡回笼觉。余朦朦叫他一起去吃早餐，顺便问他认不认识她昨晚遇到的这个人。

"我看看。"沈饶放下筷子接过手机看了几眼，然后挑了挑眉，"有点印象。"

余朦朦一下子兴奋了起来："真的吗？是谁？"

"他经常过来的，但我不熟，不是一个圈子的。"

余朦朦顿时又萎靡了。

"怎么了？"沈饶问，"你们昨晚睡了？"

余朦朦一口豆浆喷出来："没有！"

"哦。"沈饶一副惋惜的模样，然后语重心长地说，"朦朦啊，不是我说你，你也成年了，是时候把自己交出去了。"

"你就这样教妹妹的？"

"那你问他是谁干吗？"

"我就昨晚喝多了，遇到了他，觉得很喜欢，不过请他喝酒被拒绝了。"

沈饶一阵爆笑："看来对方眼睛没瞎。"

余朦朦："……"

"我帮你打听打听。"

看在这句话的分儿上，余朦朦收起了放在他脖子上的叉子。

沈饶很迅速，到下午就把完整的资料发给她了，还额外给她带了一个劲爆的消息。

"你们之前相亲过。"

余朦朦一万个感叹号。

"什么时候！我没有印象！"

"你自己没去，听说人家在咖啡店等了你一下午呢。"沈饶说，"去年年初的时候，他们家处境不太好，应该说是整个行业都不太好，估计是想搭上你们家的大船，就想联姻嘛。"说到联姻两个字，沈饶又笑了一声，"不过你爸妈好像不太认可，也没仔细和你说，你本身也抗拒，就没去。"

余朦朦心在滴血，她这是错过了什么绝色美男啊！

"现在形势就不太一样了，他们家力挽狂澜，一跃跻身行业大佬了。"沈饶很直接，"依目前两家的实力来说，是你高攀了。"

余朦朦："……你这是在劝我放弃吗？"

"没啊，你要喜欢的话，可以自己追追看嘛，家世背景什么的先丢一边。"

要说追男人，那她可真是太有经验了，很心酸的是，她的每一任男朋友，都是她追来的。

余朦朦打开沈饶给她发的电子文档。

何昀的绝密档案。

内部资料，仅供参考，请勿外传！

以下资料收集于何昀前女友梁蔚（裕世集团董事长千金）、赖云汐（香蕉台晚间新闻主持人）、张双媛（据说是某局女儿，无从查证）、王黛妮（名模）等人，整理人：深水百事通。

何昀，男，身高一米八三，体重六十公斤，二十七岁，摩羯座（对陌生人比较冷淡）。

职业：利丰集团董事（董事长独子），晋业投资董事长（他大学创办的公司），悦盛集团董事长（据说要进军房地产业，目前尚无确切消息）。

名下资产：

1. 利丰集团占股 23%，晋业投资占股 65%。

2. 名下住宅：常住幽林那边的一套靠江别墅，价值 1560 万；东江首府小洋房，价值 1030 万；据说市区还有好几套商品房。

3. 据笔者观察加他的前任描述，何昀本人拥有至少 15 辆车，但本人非常低调，接送女朋友只开一辆普通的奔驰。

……

余朦朦对这些不感兴趣，她快速滑过，看到后面。

感情状况：单身！

最新动向：似乎正在追求美院院花张颜劭。

同时暧昧对象：俞声珍（大提琴演奏家）、乐菁茹（戏剧演员）、秦楚永（据说是房地产大佬的女儿）。

根据他交往过的对象及正在追求和暧昧的对象，推理得出何昀喜欢的类型如下：女的、比他小、漂亮、文艺女青年居多（余朦朦完全符合）。

平均交往期限：两到三个月，最长的七个月，最短的十三天。

……

余朦朦看到这里，觉得好累哦，这个男人看起来就很不好搞定，她瞬间就决定放弃了。

沈饶跟她说过，情场里面，看起来越是随便的花蝴蝶，实际上越是最难捕捉的。

　　她退出档案，又看到手机屏保他的照片。

　　不行了，她真的好喜欢。

　　她给沈饶发信息，问有没有什么建议，沈饶的建议是：追就行了。

　　余朦朦鼓起勇气，开始追这只花蝴蝶。

　　她拿出自己高价从深水百事通那买回来的撩汉宝典，从第一步送礼物做起。

　　她订了花，开始每天往他公司送，余朦朦不知道他喜欢什么花，就一天一捧。

　　一个星期之后，百事通传来消息——她送的那些花，何昀只看了一眼，就吩咐秘书说不用拿上来了。

　　之后她每天送的花都留在公司前台了。

　　行，可能男孩子不那么喜欢花呢。

　　于是换了礼物送，今天送限量手表明天送新款香水后天送钻石领带夹大后天送绝版袖扣。

　　那边那人通通都不为所动，礼物照收不误（除了一辆她自己收藏的价值四百多万的复古超跑被退了回来），却根本不搭理她。

　　她派专门的人送礼物过去，人回来说对方秘书收下礼物就让他回来了，根本连面都见不着，更不要说带话什么的了。

　　余朦朦难免气馁，但也越挫越勇。

　　贵重的东西都送了，余朦朦又开始送一些稀奇古怪的玩意儿。

　　什么游戏机，什么积木，从拍卖场上高价拍回来的王子小时候玩过的木马（他也收下了），她还送了他一对小丑鱼。

据说那对小丑鱼他还拍照发朋友圈了（百事通会卖何昀的朋友圈给她）。

但就是没搭理她。

还连她微信都不加，这点上，她活得还不如那个替她送礼物的助理，别人天天进出对方公司，都跟前台混熟了，连那个秘书都偶尔会和他说两句话。

百事通给她建议：现在这些贵公子嘛，什么没见过，你就是送跑车人家都不会眨一下眼，你看他这么喜欢文艺女青，要不你也走一下这种路线？

余朦朦虚心求教：文艺女青路线怎么走？

百事通：就艺术啊，你画画送给他呀。

余朦朦说我不会。

百事通："乐器你会什么？"

余朦朦说我没学过。

百事通大为诧异："你没学过？什么乐器都没学过？你不是余家独女吗？有哪个有钱人家的小孩没一两个乐器傍身的？"

余朦朦："我赛车的，小时候在学校学过合唱指挥。"

百事通："……实在不行，你给他写信吧。"

余朦朦眼睛一亮："信我会写！我会写毛笔字！"

"……正常的笔就可以的，不需要毛笔。"

余朦朦就每天绞尽脑汁地给对方写信。

有时候是信，有时候她出去玩或者出差的时候，就会买当地的明信片寄给他。

结果这一招也一样没有用，她寄出的信件和那些礼物一样石沉大海，连个声响都没有。

他那边没有动静，外界倒是传遍了：余家大小姐在倒追利丰的公子。

她反思了一下，自己也没有非常高调啊，为什么全世界都知道了？搞得她每次和小姐妹聚会都会被问一句："睡到那个花美男没有啊？"

甚至还被情敌挑衅了——

那天她去参加一个慈善晚会，有几个女的朝她走过来，为首的那个扬着下巴问她："你就是余朦朦？"

余朦朦："什么事？"

女人上下打量了她一下，冷哼一声："也不过如此。"

那种眼神很少见，余朦朦只稍微一思量，就想明白了，她微微一笑，得体大方地问："有何指教？"

"劝你别再白费工夫了，他不喜欢你这种类型的。"

余朦朦一副无所谓的样子："我知道啊，他跟我说过。"

女人被她这副无赖的嘴脸气笑了："我真是没见过你这种女人，你没意识到自己有多烦人吗？既然知道别人不喜欢你，为什么还要缠着人家？"

"和你有什么关系呢？"余朦朦问，"你是他女朋友？"

她当然不是，她也不敢说自己是。

"小姐，你先搞清楚自己是什么立场，再来指点别人好吗？"余朦朦说。

"楚永是什么立场？"她旁边的小姐妹忍不住帮腔，"上个礼拜她还陪他一起看展览了呢！"

"哦？那次啊。"余朦朦说，"那你知不知道，那天他身上穿的那套衣服，是我送的呢？"

秦楚永微微一怔，双眸都睁大了，似乎是真的很介意这个，哼了一声就走了。

其实余朦朦不介意的，她知道他身边有很多女人，他对待她们就像是对她一样，他对别的女人也是不接受不拒绝的态度。

只不过她刚刚就是想气一气那个女人。

大家都不是他的女朋友啊，凭什么来对她颐指气使啊。

那天之后，余朦朦消停了一阵，主要是她们俩拌嘴的事情被外人传得乱七八糟，连她爸爸都来训她了。

都是做生意的，做不了朋友，也没必要结怨。

"我知道你喜欢玩，你在外面怎么胡搞都行，倒追别人，搞得满城风雨，还把我的鱼缸拿去送人，我跟你妈也没说过你什么，但是在那种场合和别的女人吵起来，也太丢人了吧？"她爸爸说。

她自己也觉得不应该，争风吃醋这种事情太小家子气了，传到何昀耳朵里，不知道他会如何作想。

晚上她做梦梦到何昀了，居然梦到自己和他结婚了。她躺在床上浑身酸痛，何昀就站在床头穿衣服，修长的手指一颗颗地扣上纽扣，胸前的肌肤白腻光洁，隐约可见肌肉的线条，他扣完扣子打领带，又戴上了她送的袖扣。

帅得让人窒息。

然后他回过头，神情冷淡地对她说："要做何家的少夫人，至少得大方。"

她醒过来之后，心还怦怦直跳。

好，就听梦里老公的话，她要大方，要得体，不能跟那些人计较。

之后好几天，余朦朦收敛了许多，没有再送信送礼物过去，也听说何昀近段时间很忙不在国内，但是只带了秘书去，身边没有别的女人。

那天余朦朦和朋友去吃鱼。

那家店很出名，他们去晚了，包厢都被预定完了，只剩下外头的小隔间了。隔间有门帘半掩着，倒也无碍。

余朦朦坐在里面，正对着门帘，等菜的时候，她看到外面有道身影一闪而过。

她其实并没有看到什么，但就是心脏陡然重重跳了两下，于是下意识地觉得那是他。

他回来了吗？

她撩开门帘探头出去看了一眼，外面已经没有人了。

"怎么了？"小姐妹奇怪地问她。

"没事。"余朦朦说。

两人吃过了饭，叫来服务员埋单，对方却告知已经结过账了。

"谁结的？"小姐妹问。

余朦朦也紧盯着服务员。

"何先生。"服务员说。

小姐妹睁大了眼，待服务员走了之后，才捂着嘴说了一声："何昀吗？"

余朦朦淡定点头，其实内心已经乐开了花。

还能有几个何先生呢，刚刚那道身影果然是他的。

"但是他怎么知道你在这里？"

"我今天开的那辆车，是之前送给他被退回来的。"余朦朦说。

那辆车大喇喇地放在店门口，车牌号又那么特殊，他没理由看不见。

似乎是一直在等这一天，所以她这段时间都在开这辆车。

余朦朦心里甜滋滋的。

她追了那么久，总算是得到了一点点回应。

她和朋友一起走出店，发现外面下雨了。

服务员又走过来，向她递了一把纯黑的直骨伞——并不是店里的伞。

"何先生走的时候说多半会下雨，所以给您留了雨伞。"

这下余朦朦简直是心花怒放了，她如获至宝似的接过了伞。

"这人段位真是高啊。"小姐妹感慨地说，"到底是你在追他还是他在追你啊。"

对一个对他穷追不舍的女生，也能做到这个份儿上。

"花蝴蝶这个称谓真不是浪得虚名。"

他送的伞，余朦朦哪里舍得打，最后还是店里的服务员给她们重新拿了伞。

到家之后余朦朦怕用人乱放，直接把伞拿到了房间，还用纸巾仔细地擦拭了。

伞的末端刻着"利丰"的标志，虽不是他私人的伞，但也足够余朦朦开心一晚上了。

那毕竟是他留给她的，这么一看，这平平无奇的伞，立刻变得精致贵重了起来。

第二天一早，余朦朦就开始梳妆打扮，然后开车去他的公司还伞。

她没有预约，没被放行，最后是他的秘书亲自到前台来接她，给足了她面子。

"何总正在开会。"秘书说，"麻烦您在此稍等片刻。"

"好哦。"余朦朦发现他的秘书都长得很好看。

　　她在会客室等了二十分钟，秘书又走过来，说："不好意思，何总今天不见客，他问您来找他有什么事。"

　　余朦朦微微一愣："我来还伞。"

　　"伞给我就好了，您先回去吧。"

　　没见到人，余朦朦不甘心就这么走了："他什么时候开完会？我可以等他。"

　　秘书看起来有些为难，她问："请问您还有什么事吗？"

　　"我想请他吃饭，为了感谢他给我留伞帮我结账。"

　　秘书笑了起来，语气依旧很客气，但说的话并不是那么一回事："这些举动对我们何总来说，不过是一位绅士应该做的，如果每一个受到过他照顾的女人都上门来请他吃饭，只怕我们何总一年365天都忙不过来。"

　　这话说的，就差没直接告诉她：我们何总是花蝴蝶，流连花丛的时候总会到处招惹，那只是他的天性使然，并不打算负责。

　　余朦朦没有理会她说的话："你帮我传达我的意思就好了。"

　　这种时候她也不想再跟这个秘书客气什么了。

　　对方倒是很有职业素养，没说什么就出去了，隔了十分钟，她返回来，告诉她："我们何总说不饿。"

　　她在何总前面加了一个"我们"，满满的优越感。

　　"那明天呢？"余朦朦问。

　　"明天也不饿。"秘书说，"后天也不饿。"

　　余朦朦一下就笑了："这是他的原话吗？"

　　"当然，我从来不敢越过他传达别的意思。"秘书倒是很老实。

　　余朦朦叹了口气："他也太可爱了吧。"她被拒绝得多了，现在也没被击退，只说了一句"我可以等他"。

"随便你吧。"秘书撂下这句话就走了。

余朦朦在会客室等得睡着了，醒过来的时候，身上还盖了一张毯子，那个秘书在旁边处理工作，看到她醒来立刻不客气地说："余小姐，我们何总已经走了，您可以回去了。"

"毯子是他给我盖的吗？"余朦朦问，她刚刚迷迷糊糊中好像闻到了一款男香，不是那个秘书身上的味道。

"怎么可能，"秘书说，"何总开完会直接就走了，根本没有过来。"

"他不知道我还在等他吗？"余朦朦问。

"他知道啊，可是我们何总很忙的。"

余朦朦有点失望，但很快就想开了，这才是花蝴蝶的作风嘛。

回家之后她也一直快快不乐，吃完饭她要回房的时候，她妈妈叫住了她，笑眯眯地问她："要不要跟妈妈聊聊那个男人？"

余朦朦还挺不好意思的，她可以和小姐妹大谈特谈自己对何昀的垂涎，但对着妈妈她不太说得出口。

但是她妈妈已经跟着她进房了，还说她有办法给她制造机会。

余朦朦都快蹦起来了："真的吗妈妈？"

"嗯。"余妈妈笑眯眯地说，"你先跟我说说你喜欢他什么。"

"他长得很好看。"余朦朦直言不讳，还把她手机上的照片给妈妈看了，顿了顿，又绞尽脑汁地找他的优点，"他很优秀啊，是名校毕业的，很聪明，又自己开公司，还会做慈善。"

说起来，她也许真的并不太了解他。

"嗯，确实是一个青年才俊。"她说，"但我单看照片，就觉得他是那种收不住心的男人。"

余朦朦顿时有点紧张了："他是有一点点，花……"

传闻她妈妈肯定也听到过不少，但她爸妈一向很开明。

"好，我知道了。"余妈妈将她额前的碎发拨至耳后，声音怜爱温柔，"爸爸妈妈向来都很尊重你的选择，以前你不想读书要玩赛车，我们也由着你，后来你说你不喜欢男人，我们也接受，现在你要喜欢一个不知道能不能给你幸福的男人，我们也不阻拦，至少比之前那个穷小伙好。"

余朦朦一下子眼眶就湿润了："妈妈……"

"不过爸爸妈妈有几个要求。"

"什么？"余朦朦抹着眼泪问。

"第一，以后你们结婚了，你也必须以我们家为重，不能有了老公忘了爸妈，我们家的这些东西都是你的，你自己守好，不能被夫家拿走了。其二，将来必须有个孩子姓余。第三，万一，我是说万一，你们结婚生孩子了，最后不得不要分开，那必须有个孩子跟着你，明白吗？"

余朦朦的眼泪一下子就收回去了。

说来说去，还是家业为大，她只是一颗需要被充分利用的棋子。

如果何昀不是利丰的继承人，她妈妈才不会这么温柔地跟她这么说话。

更不会包容女儿喜欢一个绯闻满天飞的男人。

"妈妈。"余朦朦说，"如果他不爱我，结了婚也在外面玩怎么办？"

"他这种身份，即使爱你，也保不准会在外面玩。"她妈妈很透彻，"男人都一个德行，他玩你也玩呗。男人花没什么，最怕的就是他心底一直有一个不可能的爱人，这种才是最应该避退三舍的。"

余朦朦不太赞同她这种观点，但是当下却也说不出什么反驳的话来，毕竟她那么喜欢那个花蝴蝶。

喜欢着一个花蝴蝶，却说自己要找一个对自己一心一意天长地久的老公，这不是很矛盾的事情吗？

"那就这么说定了宝宝。"余妈妈微笑着说，"那我就安排人给我们小公主说媒，八抬大轿嫁进何家。"

兜兜转转，似乎又走回了商业联姻的原点。

她们家现在确实是高攀不上何家，但余妈妈自然有她的办法，两天之后，她就来通知余朦朦，说安排了他们见面。

余朦朦从听到这个消息后，就开始踮着脚走路了（完全飘飘然），见面那天，她从早上八点就开始捯饬自己，还叫了一个造型师到家里来帮她搭配化妆，完全弄完之后又觉得太过隆重了，仿佛是要去参加晚会什么的，又通通换掉了。

最后她只穿了一件黑裙子，简单烫了一下头发，化了一个极淡的妆。

她还提前了二十分钟赴会，位置是她妈妈帮她选的，一个能俯瞰这座城市夜景的西餐厅，清了场，只留下一个女生在中间弹钢琴。

那个女生还长得蛮漂亮的，余朦朦怕何昀来了被吸引注意力，还特意换了个男生来弹。

那天晚上，她从莫扎特听到贝多芬，又从王力宏听到周杰伦，她还通关了十几关的《消消乐》，一直坐到经理小心翼翼地来跟她说，需不需要送她回家。

何昀都没有来。

情理之外，意料之内。

余朦朦面不改色地谢绝了经理，然后独自开车回家了。

明天她一定会成为全城的笑话，她虽然不太介意，但伤心还是会有点的。

　　他应该一点都不喜欢她吧，所以才会做得这么绝，一点面子都不给她。

　　小姐妹知道了这件事，喝下午茶的时候，跟她破口大骂那个花蝴蝶，说他很渣，劝余朦朦放弃。

　　余朦朦嘴上答应了，但是她知道自己没那么快能完全做到不喜欢他。

　　"其实也没什么不好，至少我这段时间相亲都没有了。"余朦朦安慰自己说。

　　"他是不是在报复你？"小姐妹问，"我听坊间传闻，之前你们就相过一次亲，那次是你没去，据说他也在餐厅等了你几个小时。"

　　"如果真的报复，也还好。"余朦朦蔫蔫地说，这个理由她能接受，"一人爽约一次，很公平。"

　　就怕他只是不喜欢她吧，或者说根本就是讨厌她。

　　之后好几天，她都没有去烦他，直到一个周末，他突然派人给她送来了一条手链，里面附着他的一张手写卡片，说：很抱歉那天没有去赴约，在巴黎出差的时候，看到这条手链很漂亮，一定很适合你。

　　落款是一个昀字。

　　余朦朦当时就觉得他浪漫到爆炸了。

　　她很清醒地知道，这只不过是他给她的一点点甜头罢了，包括之前的结账留伞，那不叫回应，也只是他给她的一点甜头罢了。

　　但她还是情不自禁地沦陷了。

　　这简直像在钓鱼。

　　不对啊，本来是她在钓鱼的啊，但是她现在完全被水下的鱼儿拉着跑了。

她就这样追着何昀跑了两个月，接着一转眼就九月份了，她又开学了。

余朦朦以前沉迷赛车，没好好上过几天学，她玩够了之后，也依照和爸爸妈妈的约定，老老实实去参加了高考，考上了大学。因为是非常不容易才考上的，所以她很认真很刻苦地在读书，基本上不会落课。

大三又是课最多的，她几乎每天都要泡在学校里。

那天她下了课，回家的路上看到一只流浪猫缩在角落里瑟瑟发抖，时不时发出一声脆弱的喵叫。

这一声很不对劲，余朦朦下了自行车，过去看了一眼，顿时觉得窒息。

角落里垃圾桶旁边匍匐着一只花白的小猫咪，身上都是斑驳的血迹，一只前爪还折了，正有气无力噭呜地叫着。

身上的伤口是订书针造成的，有些触目惊心——这是人为的！

她难受得不行，立刻脱掉了身上的防晒衣，把小猫裹着抱起来放在车前篮里，狂踩自行车，就近找了一家宠物医院，然后抱着小猫闯进门找医生。

这间宠物医院不是很大，她一进门就看到了穿着白大褂的医生，连忙把猫递过去："医生，快帮我看一下这只猫。"

"放到这里来。"医生戴上手套，余朦朦把猫小心翼翼地放到那个铁床上之后，他开始给猫做检查。看了一会儿他抬头皱着眉问，"是流浪猫？"

余朦朦点头："在学校附近看到的，有人虐猫。"

医生顿了顿："你确定要救吗？现在还不知道内脏有没有出血，治疗的话可能要花一万多。"

"治啊。"余朦朦说，"我有钱。"

医生："……"

他叫来一个女生，让她先带余朦朦去交定金，女生很抱歉地看着她，说："不好意思啊，因为这附近老是有很多女大学生抱着流浪猫过来，但是又没钱付医药费，都丢下猫跑了。"

"哦。"余朦朦表示理解，当即就伸手去掏包拿手机付钱，结果手刚碰到书包拉链，就被人一把捉住了手肘。

余朦朦微微一愣，扭头一看，竟然看到了一个朝思暮想、求之不得、寤寐思服的人。

她还以为自己出现幻觉了，结果就听到他说了一句："当心你的手。"

这时她才感觉到小手臂上传来的刺痛。

她低头，看到自己手臂和手背上鲜血淋漓的划痕，是她刚刚试图抱起小猫时被挠的，当时太急了，也根本没在意，没想到划得这么深。

"哎呀，怎么被抓成这样了。"女生也在旁边惊呼，"快处理一下，这是流浪猫，一会儿你要记得去打针啊！"

余朦朦现在根本不在意伤口怎么样了，只是傻乎乎地看着那个人，问："你怎么在这里呀？"

男人闻言微微一挑眉，似乎有些意外："你认识我？"

余朦朦心跳得巨快，他……不认识她吗？

她又突然意识到，自己今天完全没有化妆。

余朦朦想拿奖学金想保研，所以她在学校非常低调，她不住学校，每天骑自行车上学，戴一副平光眼镜扎马尾也不化妆。

她素颜的时候，她的小姐妹都认不出她来。

倒不是不好看，只是她素颜的样子太乖巧，看着和平时差异很大。

再者，除了初次见面两人打了照面，之后他们确实没有碰过面，唯一一次见面，是当时听闻他要去参加一个什么品酒会，她也去搞了一个名额混进去。不过当时他身边已经有女伴了，而且那次品酒会挺高级的，他一直在跟各种人打招呼谈正事，她也就没有机会走过去，只是远远地看了他几眼。

原来他根本不知道那个一直在追他的余朦朦长什么样，余朦朦对他来说只是一个名字。

她以为他至少会见过她的照片吧？一个对他穷追不舍的人，他都不好奇长什么样吗？

"我帮你清理一下伤口吧。"旁边的女生说，"何昀，你快松开她。"

何昀并没有松手，只是一直盯着她瞧，瞧得她非常慌乱。

第一次被心上人这么注视，她觉得自己都快受不了了。

那女生看何昀没有松手，微微拧起了眉，刚要说什么，那边又传来医生的声音："颜幼，收了钱过来帮忙。"

是在叫女生。

"去吧。"何昀说，"我帮她清理。"

就这一句话都让余朦朦的心怦怦直跳了。

女生显然有些不愿意，但是里头的医生一直在催，她只能先进去了。

何昀握着她那只受伤的手，一直走到了水槽边，跟她说了一声"可能会有点痛"，就打开了开关给她冲洗伤口。

何昀抓着她的手，站在她身边，跟她说话，她哪里还会觉得痛？不仅不觉得痛，反而还觉得这伤口过于轻微了，只冲了一下就不再渗血了。

他还是抓着她仔细冲洗，然后又轻车熟路地到前台去取了酒精和棉花来帮她消毒，一边消毒还一边问她："你认识我？"

余朦朦下意识撒谎了："我认错人了。"

对方似乎笑了一下，又问："你在这附近读书？"

"嗯。"

"好了。"何昀终于松开了她，"伤口不是很深，但毕竟是野猫挠的，还是得去打一针。"

余朦朦点头："我知道。"

"在这里等我一下。"他说完往里走了几步，到手术室门口隔着门对里面的人说，"老谭，我出去一下。"然后走回来从桌上拿了车钥匙，对她道，"走吧，我送你去打针。"

余朦朦一愣，简直被这突如其来的惊喜砸昏了头。

今天是怎么回事啊，何昀给她清洗伤口，还要送她去打针？

对方已经先她一步走出了医院，余朦朦反应过来之后迅速跟上，他开着那辆传说中的"普通奔驰"，还替她开了副驾的车门。

余朦朦晕乎乎地上了他的车，因为一只手受着伤不方便，他还侧身过来帮她系上了安全带。

靠近的时候，余朦朦又闻到了那股男香，在会客室闻到过的，干净冷冽，很有侵占性的香味。

这个人真的是无时无刻不在散发着魅力。

何昀送她到了防疫站，还很贴心地给她付了钱拿了药，她打针的时候，何昀就站在外面等她，余朦朦隔着毛玻璃看着他的身影，顿时连针头都不怕了。

回去的路上何昀问她那只猫打算怎么办。

"我养。"余朦朦想也不想就说。

"你养过猫吗？"

"没有，我没养过任何宠物。"她妈妈不喜欢家里有带毛的东西，所以她们家从来没养过这些，不过她因为要上学，最近都是住在自己的公寓。

何昀笑了一下，又似乎在逗她说："野猫不好养熟，何况它又抓过你，你不怕吗？"

余朦朦和何昀已经单独待了差不多一小时，本来已经慢慢从起初的兴奋和不知所措中回过味来了，眼下再听到他用这样的语气跟她说话，就像被羽毛轻轻挠了挠心尖尖，有些恍惚了起来。

平日里何昀给她的印象是冷淡的，从容的，来者不拒却又拒人于千里之外，这是第一次何昀向她展示了那些之外的一面，亲切温和毫无距离。

原来他对别的女孩，是这个样子的。

"它才那么小。"余朦朦说，"我没想把它养熟，只是不忍心再让它流浪被虐待。"

两人回了医院，医生刚刚帮它清理完伤口，说要留在医院观察一晚上，让她明天再来接走。

何昀又提出要送她回学校，医院的那个女生笑吟吟地说："小姐姐自己骑着车来的，你送她回去车怎么办呀？"

何昀说："明天再骑走就是。"

那女生看起来有点不高兴了："不是说了今晚和我们一起吃饭的吗？"

何昀看了她一眼，淡淡地说："送她回去之后我再过去。"

有眼力见儿一点的女生，这会儿多半都会觉得尴尬，要提出自己回去了，余朦朦偏不，不仅没说要自己回去，还主动说："我家离这边很近的，开车几分钟就到了。"

何昀笑了笑，看了她一眼，说："行，我送你。"

她没去看那个女生，但感觉得到自己被狠狠瞪了一眼。

她的公寓就在学校附近，开车过去一眨眼就到了，只是送进小区的时候要减速慢行，所以她得以和他再多待几分钟。

只可惜这一路上他就接了好几个电话，所以他们几乎都没怎么说话，到她家楼下的时候，他的电话都还没挂断。

"我到了。"余朦朦小声说，"谢谢你送我回来。"

对方一边接着电话，一边笑着跟她"嗯"了一声。

见他没有挂断电话和她说话的意思，余朦朦也没有多等，直接就下了车，何昀在她身后利落地掉转车头走了。

就这么走了，既没问她的名字，也没问她要电话号码。

亏她刚刚还以为是何昀对她感兴趣了，原来是她自作多情。

真是个花蝴蝶，经过每朵花的时候都要驻足。

第二天余朦朦下了课午饭都没吃，就匆匆跑去医院接她的猫了。

没想到今天何昀也在，看到她之后先跟她道歉："不好意思，昨天电话有点多。"

"没关系。"余朦朦很不在乎地说。接着没有再跟他说话，而是去问医生，"我的猫怎么样了？"

昨天她的小姐妹教过她，如果再遇到何昀，要冷漠一点，不要显得很好追，这样才能勾引住男人。

余朦朦倒是很担心，怕冷漠被误以为是拒绝的信号。

"你傻啊，如果他还来找你，那显然是对你有兴趣的，而且像他这种男人，肯定是越不好追越要挑战的，你信我的。"小姐妹这样说。

"今天好很多了，流浪猫一般都比家猫生命力顽强。"医生说，"我给它打了疫苗，你过段时间记得再带过来打。"他又交代了一些事项，最后指了指角落的一堆东西，"何昀给你把养猫需要的东西都准备好了，猫粮猫砂有点重，你有开车来吗？"

余朦朦微微一愣，抬头看何昀。

"没事，我一会儿送她回去。"何昀说。

这话听着好像……

"你今天是特意过来等我的？"

何昀没有开口，那个医生替他回答了："那可不嘛，都等了一早上了。我让他把东西放我这儿就好了，他偏不愿，明明是忙得要死的人。"

何昀虽没有开口，但这会儿也没有否认医生说的话。

余朦朦明明感动得要死，却还是故作矜持地只说了"谢谢"两个字。

"不碍事。"何昀微微笑着说，仿佛一点也不介意，"我可以送你回去吗？"

余朦朦实在是无法拒绝了，只好点点头："麻烦你了。"

"怎么会麻烦？"他说。

她提着猫包，何昀拿着那堆东西，把她送回了家。

这还是她第一次带男人回她的小公寓。

"不用换鞋了，东西放在客厅就好。"

余朦朦有点紧张，放下猫之后就去帮他拿东西，他避了避，没让她碰那些重物，弯腰把东西放好了。

"你自己住？"何昀放下东西之后看了一眼她的客厅，最后视线落到鞋柜上，那里全是女生的鞋。

"嗯。"余朦朦觉得按照自己的人设，现在应该请他出去了，但她还没开口，何昀就说了一声"看看你的猫"，接着就迈步走进来了。

余朦朦家不算小，但不知道为什么，他一走进来，这空间就陡然变得狭窄了起来。不知道是因为他太高，还是因为他气场太强。

余朦朦弯腰打开猫包把小猫托出来，它身上的伤已经没什么大碍了，但是还是显得有些虚弱，在余朦朦的手里软软地趴着。

余朦朦的手就贴着它暖乎乎的小肚子，她没养过宠物，一时有些大惊小怪："它心跳得好快！"

"小动物的心跳都很快的，体型越小心跳越快。"何昀给她科普，"猫的心跳比人快将近一倍了。"他也伸出手来摸了摸小猫的脑袋，修长的手指撸下去的时候，还碰到了余朦朦的手腕。

突如其来的肢体接触，叫余朦朦有些顶不住了。

小东西看起来很乖巧，他也就不担心它再挠伤她了。

"你喝奶吗？"余朦朦突然问。

"啊？"何昀难得愣了一下。

"牛奶。"余朦朦说，"你喝的话我就开一瓶，不然猫喝不完。"

何昀失笑，点了点头："好。"

余朦朦倒了一杯奶给他，剩下的倒在碗里放在地上，小猫凑过去喝了两口，模样乖巧极了。

何昀喝了一口那牛奶，偏过头问她："一直忘了问，你叫什么名字？"

"我叫余……"余朦朦及时打住，"余小鱼。"

"小鱼？哪个小鱼？"

"呃，小丑鱼的小鱼。"余朦朦故意说。

对方"哦"了一声，然后垂眸看了看手中的杯子，柔声道："我家也养了一对小丑鱼。"

余朦朦心念一动，忍不住问道："那你喜不喜欢小丑鱼？"

何昀看了她一眼，意味深长地说："所有小鱼我都喜欢。"

余朦朦还要再问，他那该死的手机又响了起来。

何昀拿起来看了一眼，微微皱了皱眉，然后调成了静音没接。但手机屏幕一直亮着，显然是对方还在不停地打进来。

刚刚好不容易有些暧昧的气氛被打破了。

那电话没完没了地打进来，何昀看起来不想接，眉头都蹙起来了。

不想当着她的面接的电话，显然不会是工作上的电话，但既然有他的手机号，那也肯定不是一般人。

余朦朦起身到厨房去切水果，然后听到他在外面接了电话。

"在开会……没有不接你的电话。"

听语气，电话那头应该也是女生。

厨房是开放式的，何昀抬头看了她一眼，然后他就走到阳台去了。

该死，阳台上还晾着她的内衣裤，何昀还抬头看了好几眼。

余朦朦切完水果出来的时候，他还没接完电话，她看他点了一根烟，就找了个小碗拿出去给他接烟灰。

何昀吐出一口烟，朝她看了一眼，对着电话那头的人说："挂了，我还有事。"

然后就挂断了电话。

余朦朦担心他会觉得自己是小心眼地来催他挂电话的，连忙解释说："我只是给你送个烟灰缸过来。"

他笑了一下，接过那个小巧可爱的樱桃碗，没忍心把烟灰往里戳："这是烟灰缸？"

"不是。"

何昀看了她一会儿，然后才说："我还有事，要先走了。"

啊，是刚刚那个女生给他打电话把他召走的吗？

"好。"余朦朦多少有点失落，但她努力不表现出来。

出门前何昀又多问了一句："有时间我还能再过来看猫和你吗？"

一句话又让余朦朦心生期待。

但她只是"嗯"了一声。

但之后好几天，余朦朦都没有见过他。

她有用余朦朦的身份派人送礼物过去，那边收下了，显然他还在。

没有出差，没有出国，沈饶还说在深水见到他了。

没有再来找她，估计就是不够喜欢吧，或者根本就没喜欢，只不过是一时的感兴趣。

或许是她那天表现得太冷漠了？

花蝴蝶的心思太难猜了。

小姐妹怕她心情不好，特意约她出去喝酒，余朦朦怕遇到何昀，还特意让他们别去深水。

最后选了一个小会所，结果一出电梯，余朦朦就看到在走廊尽头打电话的男人。

只是一个后脑勺，就够她慌乱的了。

"完蛋了！是何昀！"

她刚说完，那边的男人就有要转头的趋势了，这会儿跑已经来不及了。电光石火之间，余朦朦迅速把包往小姐妹手上一塞，伸手就夺过跟在她们身边的服务员手中的两打啤酒。

服务员和小姐妹都一脸蒙圈地看着她。

何昀也已经回头看到她了，大概是一开始没有认出来，只觉得眼熟，所以多看了两眼，等想到的时候，露出了一点意外的神色："小……鱼？"

余朦朦也马上露出"没料到会在这里遇到他"的慌乱神色："何昀？"

对方收了手机走过来，神色不明地望着她："你怎么在这儿？"

"我，兼职啊。"余朦朦举了举手里的啤酒，还好她力气大，举这点东西不成问题。

但是对方显然不忍心看她拿那么重的东西，伸手就要来帮她，余朦朦躲了一下，拿下巴点了点不远处的领班："会被扣钱的。"

何昀收回手："这些酒我要了，你跟我来。"

他说完转身就走，余朦朦连忙在后面屁颠屁颠地跟上，她的小姐妹在后边小声笑她。

什么高冷人设，通通都不要了。

余朦朦跟着他进了包厢。

这一层的包厢都很大，里面设施齐全，有台球桌、麻将桌、KTV，一进去余朦朦就听到一阵鬼哭狼嚎——里面有人在唱歌，还有几人在打桌球，总之乌乌泱泱的全是人，还都各搂着一个姑娘。

圈子都是互通的，万一有熟人就麻烦了。所以她进门就迅速扫了一眼，看到没有熟悉的面孔之后松了一口气。

余朦朦走过去把酒放到桌上，又蹲在桌前，学着以往服务员的样子去开瓶盖，刚开了一瓶就被何昀拉起来了。

"不用你弄，坐着陪我就好。"

她手里还拿着开瓶器，被他虚揽着腰带到了沙发上。

这下沙发这一圈的人都回头看了她一眼，本来都以为是跟在何昀背后进来的服务员，但这么一看，显然是何昀半路截进来的人。

当即就有人笑了，非常内涵地说："何昀你现在真的不挑食，会所的服务员都要啦？"

何昀神色不变，淡淡地解释了一句："熟人。"

那些男的用同一种眼神把她打量了个遍，开玩笑地说："你的'熟人'还需要到这种地方上班？"

"这你就不懂了吧，只是'熟人'，但是还没熟到那个地步嘛。"

他们说得隐晦，但是余朦朦听懂了，意思是她还没被"搞到手"呗。

这些人都不知道，她巴不得被"搞到手"呢。

何昀也没反驳，端起一杯酒喝了两口，然后转过头问她："要喝酒吗？"

他转过来问她话的时候，两人凑得极近，余朦朦因此闻到了他身上淡淡的酒味，混合着熟悉又陌生的香味。

他已经喝了不少酒了。

"我们陪喝酒要收费的。"余朦朦说。

他闻言低笑了一声："我给你。"

余朦朦"嗯"了一声，他便把杯子递了过来。

是他喝过的那个杯子。

她喝了不少。

一杯酒，何昀喝一半，她喝一半，两人共用一个杯子，把桌上的酒喝了一大半。

包厢里灯光很暗，她坐在何昀身边，两人靠得不远不近，他的手搭在她后背的沙发上，有时候会摸摸她的头发，但也仅此而已，没有更出格的举动。

散场的时候已经两点了。

余朦朦喝了酒困得不行，早就靠在沙发上睡过去了，睡过去之前还感觉到自己压到他的胳膊了，但是脑袋很重，根本抬不起来，他在后面也没有抽回手。

一直到何昀弹了弹她的额头叫她，她才醒过来。

包厢里的人已经走了一半了。

"走了。"何昀说，"我送你回去。"

余朦朦迷迷糊糊地被何昀扶着站起来，又昏昏沉沉地被带上车，听到司机在前面低声问他："先生，去哪儿？"

"回幽林。"何昀说。

余朦朦感觉自己心跳停了一瞬，人也清醒了一点。

他要带自己回家？

一下子脑袋里就浮现了许多乱七八糟的画面，那些画面带着何昀的脸，让她有点呼吸不过来了。

她转头去看他，发现对方也在看自己，漆黑深幽的眸子带了一点平时看不到的情绪。

"去我那儿？"他柔声问。

余朦朦没有回答，又感觉到他修长炽热的手指放到自己的大腿上，一点一点地往上滑，最后又猛然停住。

他眼底的火苗倏地熄灭了。

余朦朦也突然才想起……

"生理期就别喝那么多酒。"何昀几乎是瞬间兴致全无，连语气都变得恹恹的了。

最后他收回手，帮她整理好裙子，吩咐司机掉头，然后报了她公寓的住址。

光凭这一句语调平平的话，余朦朦根本听不出他是不是生气了。

最后车停在她家楼下的时候，何昀也没有下车送她。

她要下车的时候停了停，又转过头问他要钱。

何昀以为自己听错了："什么？"

"给我钱。"余朦朦说，"陪喝酒我收费的。"

何昀怔了一下，然后笑了："第一次和女孩喝酒要给钱的。"他说，"怎么办，我身上没有现金。"

"那等你酒醒了，拿来给我。"

他又笑了一声，然后点头答应了。

何昀其实笑起来很好看，特别是他对着你笑的时候，总让人有一种错觉，就是他很喜欢你，所以才会无缘无故被你逗笑。

这大概就是花蝴蝶与生俱来的天赋。

余朦朦回家就睡到了日上三竿，一开手机十几条未读消息，小姐妹的群都炸了，纷纷在赌她昨晚有没有和某人共度春宵。

余朦朦气到打嗝："没有！我经期！"

一群人都要笑疯了。

"来得好不是时候。"

"也太遗憾了吧！听说何昀很厉害的……"

余朦朦一下子又感兴趣了："怎么个厉害法？"然后又有点警惕，"你怎么知道的？"

"别慌，我跟他没什么！"小姐妹说，"我是听我朋友的朋友说的，反正就是各方面都很棒。"

余朦朦表示非常遗憾，她错过了一个知道何昀"各方面都很棒"的机会。

她一思及此，就忍不住狠狠捶了一下桌子。

结果门铃和她捶桌子的声音一道响了起来。

她去看了一下猫眼，外面站着一个男人，有点熟悉，但是她想不起来了。

"是谁？"余朦朦问。

"余小姐，我是何先生的司机。"

她立刻就想起来了，是昨晚送她回来的那个司机。

她开了门，那司机站在门外，手上提着一袋东西："余小姐，这是何先生给您买的早点。"

"啊……"余朦朦有点受宠若惊。

"还有这个。"对方递过来一个信封。

那信封鼓囊囊的，余朦朦接过看了一眼，里面是一沓人民币。

她吃过了早饭，按照信封背面写的电话号码打了过去，那边隔了很久才接，一接通就是何昀压低了的声音："我在开会。"

余朦朦想到上次他在她家接电话也是说在开会，便意味深长地"哦"了一声。

那边停了停，大概是也想到了这一茬，便笑了一下："是真的，一会儿我给你回过去。"

"你知道我是谁？"余朦朦问。

"我会听不出你的声音？"何昀反问。

余朦朦心跳又乱了。

这个人好会哦。

她收拾了一下准备出门，今天她要回家吃饭，半路的时候何昀回电话过来了，问她今天上不上课，想约她吃饭。

　　她超想去的，但她为了维持人设，为了吊着他，她只能欲拒还迎。

　　所以她不得不再次错过知道何昀"各方面都很棒"的机会。

　　很遗憾地说自己今晚没有空，那边被拒绝了的男人似乎有点意外，隔了一会儿才笑着问："你是不是生气了？"

　　"我生什么气？"

　　"我昨晚喝多了。"何昀说，"不知道有没有冒犯你。"

　　摸大腿算冒犯吗？

　　"有啊。"余朦朦说。

　　"嗯？"何昀声音很温柔，就好像那天在会所时贴着她耳朵说话的语气，"我怎么你了？"

　　声音还很无辜，好像压根儿不记得了。

　　"你没送我上楼。"

　　何昀笑了，没再提这个话题，而是问她："早餐好吃吗？"

　　余朦朦觉得他说的每一句话，都好像在调情。

　　"你送的，都好吃。"余朦朦不甘示弱。

　　"那我明天还给你送好不好？"

　　余朦朦瞬间败北。

　　唉，她还是没有他段位高。

　　她真是做梦也想不到，自己一直巴巴追着的男人，也会有给她送早餐的一天，一直对她爱搭不理的男人，现在却会用这么宠溺的语气跟她说话。

　　即便知道他只是想睡自己而已。

　　但无论是那个她怎么追都不回应的他还是这个有一搭没一搭地追求

她的他，都 样对她有着致命的吸引力。

接下来一个礼拜，何昀真的每天都让司机给她送早餐过来，有时候和早餐一起送过来的，是一束带着露珠的鲜花（他说是早上他从花园里剪下来的），有时候是一些进口水果和零食。都不会太贵重，但是很有心，这些手段对付小女生真的绝杀。

"余朦朦送上门的他都不要，这个只见过几次的余小鱼对他爱搭不理的，却上赶着追，可见男人真是贱得慌。"她小姐妹愤愤不平地跟她说，"姐妹，听我一句劝，睡了之后就甩了他。"

"对付渣男最好的办法就是比他更渣。"

"甩他的时候还要告诉他，你就是余朦朦。"

余朦朦："你说我那天要穿哪套内衣呢？"

小姐妹："……"

"你觉得他喜欢哪种风格？性格？可爱？清新？"

小姐妹不理她了。

有一天余朦朦下了课，刚走出教学楼就听到旁边有两个女生在感叹。

"好帅！"

"想坐他的车，想骑他的人。"

余朦朦忍不住"扑哧"了一声，结果一抬眼，就看到了路边倚在车旁双手插兜的何昀，像模特画报似的，站在那里身长腿长，穿着一身黑色，还戴了一副墨镜，墨镜遮住了眼睛，但露出来的下巴和嘴唇就够吸引人的了。

真是好一只勾魂摄魄的花蝴蝶。

余朦朦走下台阶，那人一眼就看到了她，摘了墨镜冲她扬了扬下巴示意。

本来那些女生的视线都是落在他身上的，他这个招呼一打，那些人又都转过头来看她了。

余朦朦压低了帽子，飞快地跑过去，低声问："你怎么来了！"

对方冲她帅气一笑："有点想你，刚好路过，就来等你下课了。"

"等很久了？"

"有一会儿了。"何昀替她开了副驾的车门，"一起吃个午饭？"

周围好多人看过来，余朦朦连忙压低了帽子，话也不敢多说就赶紧上车了。

何昀在外面微微一愣，随后笑着关了门，从另一侧上车了，一上车余朦朦就催他："快走快走。"

"怎么了？"何昀问，"看到你前男友了？"

之前明明一直约不出来的，今天他也是做好了会被拒绝的准备的，没想到……

"不是，我最近在申请奖学金，万一被有心人拍下来乱说，奖学金就没了。"余朦朦说，"之前有个学姐就是，她各方面都很优秀，但是有一次被人拍到有豪车在校门口接她，然后就被各种乱传，最后奖学金没有了，保研名额也没有了。"

"奖学金。"何昀一字一句地咀嚼这三个字，"有多少？"

"几千块而已，其实多少不重要，重要的是这个奖，我想读研，所以必须要拿到这个奖。"

他笑了一下，一边启动车子，一边状似漫不经心地说："救助流浪猫的时候，一万多的医疗费说给就给了，晚上却又到会所兼职，要拿奖学金，却又说几千块而已。"他轻飘飘地看了她一眼，"你到底是缺钱，还是不缺钱呢？"

余朦朦心道糟糕，她的勤工俭学大学生形象快兜不住了。

"我说的几千块而已，不是那个意思。"余朦朦绞尽脑汁地解释，"只是相对于我在会所兼职拿的工资来说，是比较少。"

对方意味深长地"哦"了一声，余朦朦还要解释，对方却已经轻巧地带过了这个话题，转而问她："姨妈来完了吗？"

余朦朦一下子愣住了，青天白日的，他突然这样问，她都不知道要怎么反应了。

何昀瞧着她的反应有点好笑："来完了我就带你去吃蟹。"

是她想多了。

秋高气爽，正是吃蟹的好季节。

余朦朦很喜欢吃蟹，以前还特意和沈饶合伙开了一家餐厅，不过生意不好倒闭了。

他带她来的餐厅很出名，主厨都是拿过很多奖上过电视的那种，每年到了吃螃蟹的季节，都是预定满了的，要想吃还真不容易。

这个季节能拿到一个包厢，估计也是花了不少钱买的号。

所以一坐下，何昀开始点单的时候，她就小心翼翼地提醒了对方："我很喜欢吃蟹的，很能吃的！"

何昀莞尔："能吃多少？"

他点了点菜单："这个和这个，还有这个……"

余朦朦看他看了半天菜单只点了两三个，都有点着急了，接着就听到他说："除了这几个，其他的都要一份。"

余朦朦差点没蹦起来。

　　她其实每年都会跟着小姐妹和沈饶到处吃蟹，但是她妈妈说蟹寒，一直让她少吃，而且沈饶又喜欢走街串巷找小众的店尝试，这家的蟹他只带她来吃过一次，就不愿意来了，他说名副其实。

　　她脸上的高兴溢于言表，连何昀都觉得好笑："就这么高兴？"

　　"嗯！"余朦朦趁机还渲染了一下自己贫苦大学生的形象，"这种东西那么贵，我都没吃过。"

　　何昀就"哦"了一声："那你多吃一点。"

　　菜很快就上齐了，醉八仙、蟹粉豆腐、蟹柳芦笋、焗蟹斗、蟹粉鱼翅、清蒸蟹钳、蟹膏银皮……余朦朦看着就食指大动。

　　她拿热毛巾擦了手，说了声"我开动了哦"，就开始剥蟹吃。

　　何昀也拿了一只蟹，仔细地剥了挑出肉和蟹黄放在碗里递过去，却发现余朦朦已经干净利落地吃完了一只。

　　她剥蟹的速度可真快。

　　"给我的吗？"余朦朦笑眯眯地问，眼睛亮亮的。

　　何昀"嗯"了一声："你吃，我帮你剥。"

　　"啊。"余朦朦捂心口，"你这也太让人心动了吧。"

　　然后又免不了酸溜溜地问一句："你也这样对别的女生吗？"

　　"我没帮别的女生剥过蟹。"他一边说，一边动作优雅地把蟹钳里的肉敲出来放到她碗里，"我也没给别的女生带过早餐。"

　　余朦朦相信他说的是真的，但是他在她这里是第一次，那在别的女生那儿也应该有许多独一无二的第一次。

　　不过她不介意啦。

　　吃完蟹之后他送她回家，路上他又接了好几个电话，似乎是已经把下半场安排好了。所以到楼下的时候，余朦朦不想再错失机会，便主动邀请他："你要不要上去坐坐？"

何昀望过来，眸光沉沉："你知道邀请我上去坐坐是什么意思吗？"

"我知道。"余朦朦说，她撩开自己的裙摆，拉过他的手放在自己大腿上，"是这个意思。"

何昀微微一怔，而后笑了。

这是余朦朦第一次看到他这样笑，以往他的笑容都很浅，这一次他的笑很愉悦，而且笑了好一会儿才停。

他下了车，帮余朦朦开了车门，待她下车之后，才对里面的司机说了声"你先回去"，然后牵着她上楼了。

一进门，何昀就把她压在门板上亲吻，一开始他的吻还很温柔，很纯粹，一直到余朦朦主动去扯他的皮带，他才变得急切、激烈。

她被按倒在玄关口，她的猫一直在旁边叫，他只好把她抱到房间去。

两点钟的时候何昀被轻微的声响弄醒，身边的床空空如也，但摸上去还有点温度。

他寻了自己的衣服要穿，就听到有人在往回走，他没动，接着看到余朦朦穿着一件吊带走回来，她的猫跟在她脚后，被她往外赶："嘘，别吵醒他。"

她把猫关到了门外，然后轻手轻脚地爬上床回到何昀身边。

何昀本来想走的，眼下却懒洋洋的根本不想动了。

第二天一早何昀的司机送来了换洗的衣物和早餐。

余朦朦吃早餐的时候，何昀用了她的浴室，然后早餐也来不及吃，亲了亲她的嘴角摸了摸她的猫就出门了。

余朦朦第一时间给沈饶发了信息，说自己和何昀睡了。

对方大为震惊，问他们什么时候搞到一块的。

她三言两语地把自己用另外一个身份吸引了何昀的事说了一遍。

"他没认出你？"沈饶不太相信，"不可能。"

"为什么不可能？"余朦朦说，"他对我不感兴趣，肯定不知道我长什么样啊。"

沈饶不以为然，但也没有多说什么。

结果到晚上的时候，她的所有小姐妹都给她发了一张图。

那张图是在深水拍的，明明那么有格调的酒吧，里头却在显眼处挂了一条红艳艳的横幅，上书"为庆祝老板妹妹'成人'，今日酒水一律八折"几个大字。

余朦朦："……"

她表面上一通吐槽，实际上心里可美了。

能睡到男神是多少人毕生的梦想啊。

之后半个月，何昀几乎每天都会过来找她，有时候只是逗逗猫，或者是带她出去吃饭，有时候会留下来过夜，他甚至还在她家留了几套衣服。

他真的算是完美情人。

"追"她的时候很上心，送那些有意思的小礼物，带她去吃好吃的，弄到手之后，也不见敷衍，依旧会给她送很多礼物，如果有哪几天很忙不能来见她，还会给她带贵重的礼物作为补偿，也会带她去吃好吃的，有时候还会心血来潮在她家下厨。

他厨艺竟然也很不错。

唯一让余朦朦担心的是，随着频繁深入的相处，她的身份越来越容易暴露了。

生活习惯、消费习惯和社交习惯，这些是两个人在交往的过程中，怎么都掩盖不了的。有时候何昀好像是毫无察觉，有时候又会漫不经心地提一句，然后她又得心惊肉跳地撒谎。

虽然他们多数都是待在余朦朦家里，但是偶尔出去吃饭，还是有概率会碰到熟人，有的是他的熟人，但是见过她，有的是她的熟人，但是不知道他是谁。

遇到前者还好，何昀一般不会带她示人，有时候人家打量的眼光落过来，他还会把她挡住，遇到后者就有点麻烦，她有些朋友会直接叫她的名字跟她打招呼，还会开玩笑地说"你凯子真正"。

然后她还得跟何昀解释说："我小名叫萌萌，卖萌的萌。"

又几乎是跟身边所有熟的不熟的人都三令五申："以后在外面看到我，叫我小鱼。"

有惊无险地遇到过几次之后，余朦朦都有点害怕出去了，渐渐地何昀也减少了带她出去的次数，多数都是在家吃。

他给余朦朦请了一个阿姨，有时候也会自己下厨，如果是他自己下厨的话，就会拉着余朦朦一起到超市选购食材，他在这边住了几天，就比她都要熟悉他们小区周边的情况了，有时候甚至会嘲笑她："你一个勤工俭学的大学生，居然也四体不勤五谷不分。"

余朦朦每每都会很惭愧，然后把何昀煮的饭吃得更香了。

今天阿姨有急事请假了，何昀给她煮了牛杂汤，吃过晚饭之后又卷起袖子到厨房去收拾了。余朦朦不会洗碗，有时候阿姨不在，就只能他去洗。

一开始余朦朦并没有意识到什么，因为她从小就是这么被照顾大的。直到有一次他的司机过来送文件，他在洗碗，她去开门，司机在门口看到厨房里撸着袖子在洗碗的何昀，整个人惶恐得不行："先生，您怎么在洗碗……"

何昀擦了手过来签字，他的衬衣袖口上还有泡沫，那司机都快站不住了："我帮您吧。"

他笑了一下："没事，你把文件送回去就行。"

然后余朦朦才想，这该不会是他第一次为女人下厨，帮女人洗碗吧？

顿时又觉得自己被这个男人吃得死死的了。

吃完饭之后两个人窝在沙发里看电视，何昀雷打不动地要看晚间新闻，余朦朦一边陪着他，一边撸猫，很安静很惬意，直到何昀的手机忽然响起。

那手机离余朦朦比较近，她顺手就帮他递了一下，然后就看到屏幕上显示是秦楚永。

这个名字有点眼熟，余朦朦隔了一会儿才想起来，是那个和她正面交锋过的女生。

何昀接过电话看了一眼，然后就起身到阳台去接了。

这个电话接了二十多分钟，余朦朦掐着表呢，她本来没打算介意的，但是何昀接完电话回来之后，立刻就拿上了车钥匙，说自己有事要出去一下。

余朦朦有点茫然："怎么了？"

"公司有点事要处理。"

"那你还回来睡觉吗？"

"你先睡，不用等我了。"

他说完这句就出门了。

余朦朦一晚上没睡好，她连安全锁都没上，就怕他晚上回来。

早上醒过来的时候，旁边的床是空的，他一晚上没回来。

她有课，洗漱之后想着在楼下便利店买个蛋糕就行，结果开门的时候还是看到了何昀的司机。

"先生让我给您带早餐，送您去上课。"

余朦朦便什么也没问，吃了早餐就跟着他上车了。

她不去问，也不想知道他昨晚去干什么了——虽然万事通又贱兮兮地拿情报来卖，她买了却没看。

之后几日，何昀都没有过来。

余朦朦心无旁骛地上着学，放学了就乖乖回家待着等他，那天傍晚她下了课，何昀司机的车就在校门口等她，她坐了进去，然后才发现男人也在车上。

余朦朦上车的时候他正在打电话，车开出去好远，他都没接完那个电话，虽然没机会和她说话，但是他还是伸出了一只手放在她大腿上，狎昵又毫无情欲地摸着。

好不容易他才打完了电话，然后才扭过头问她最近功课怎么样，奖学金拿到了吗。

"挺好。"余朦朦说，"拿了一等。"

何昀于是便笑了："我们小鱼真厉害，今晚我下厨做好吃的奖励你。"又问，"阿姨有没有去买菜？你想吃什么？"

"想吃虾。"

"好。"

"虾仁拌面。"

虾仁拌面很是麻烦，买了活虾回来，得自己剥皮，余朦朦十指不沾阳春水，何昀又觉得阿姨弄得不干净，自然只能由他来处理。

这道菜他只做过一次，就发誓再也不会弄了。

但也许是因为好几天没来找她了，抑或是因为别的，他心存内疚，所以决定弄给她吃。

路过菜市场的时候，何昀下车去买虾，只有菜市场的海鲜是新鲜的，但里头也脏，他就没让她下车，自己去了。

十分钟之后他回来，手里拎着一堆食材："我还买了一条鲈鱼。"

余朦朦翻看了一下。

不仅有鲈鱼，还有芦笋、蒜薹和土豆，都是她最喜欢的菜。

何昀一进门就入了厨房忙碌，余朦朦要去帮他，被他亲了亲嘴角推了出来："油烟大，你在外面等就好了，找瓶好酒开了先醒着。"何昀用手指点点酒柜，"那瓶。"

酒柜上的红酒香槟都是他带过来的，何昀指的是最贵的那瓶，看来他今晚心情很好。

余朦朦开了酒，摆好了碗筷，还点了香薰灯，她把氛围制造得很浪漫，结果何昀端菜出来的时候顺手就开了电视，正好在放新闻联播。

她一面觉得这个人好破坏氛围，一面又有点恍惚地觉得，他们这个样子好像搭伙过日子的小夫妻。

何昀做出来的菜，总是色香味俱全，何昀倒了酒递给她："今晚陪我喝一点。"

"今天是有什么喜事吗？"余朦朦问。

"不算什么喜事。"何昀说，"但确实还蛮让人开心的。"

何昀做的虾仁拌面，一多半虾仁都在她碟子里，看余朦朦吃得快，他又拿勺子匀了一点自己碟子里的过去。

"拿下了几块很好的地。"他只说了这一句，余朦朦就明白了，所以百事通的消息没有错，他确实要进军房地产业。只是余朦朦很好奇，这其中，秦楚永帮了他多大的忙呢？

这些东西不想还好，一想就如同群蚁溃堤。

余朦朦强撑着吃完了晚餐，何昀去洗碗，又暧昧地让她去洗澡，余朦朦刚进浴室没一会儿，何昀又来敲门，说自己有事要先出去。

她裹了浴巾开门，问："又要回公司吗？"

何昀"嗯"了一声，视线落在她身上，拉过她亲了一会儿："乖，今晚别等我了。"

余朦朦抓着他的袖口不愿松手："今晚不走可以吗？"

"怎么了？"何昀温温柔柔地问。

余朦朦鼓起勇气，终于说出了那句话："我算是你的女朋友吗？"

何昀轻轻挑了挑眉，像是对她这个问题感到好笑，逗她似的反问："你觉得呢？"

"那天给你打电话的女生，她也是吗？"

何昀想了一会儿，才意识到她问的是谁，又笑了一下："你觉得呢？"

"一开始，宠物医院的那个女生，她是吗？"

"我有那么多女朋友吗？"何昀说，"我自己都不知道。"

余朦朦没有说话，但是嘴鼓着，很不高兴的样子。

何昀去捏她的脸颊，仍然笑着说："我又哪里惹你生气了？"

他是对她很好，也很宠她，但是——

"你给我的，和你给别人的，有什么区别吗？"

何昀终于有点不耐烦了："别闹，我真得走了。"

"你走的话让你司机上来把你的行李收拾走。"余朦朦说。

何昀揉了揉眉心，语气里带了点倦意："你扪心自问，我给你的，难道还不够吗？你们女人为什么总这么贪心？"

余朦朦微微一怔，然后鼻子有些发酸。她的真情实意，到最后变成了贪心？

"你滚吧。"余朦朦说。

男人叹了口气："对不起小鱼，我不是那个意思。"

余朦朦砰地关上了浴室的门。

这是他们第一次吵架。

她刚刚进浴室之前，就忍不住看了百事通卖给她的信息，他说："何昀要订婚了你知不知道？"

她不知道，天天睡在她身边的人居然要订婚了。

她在浴室里听到他走了，便再也忍不住蹲在浴缸里哭了起来。她哭了挺久，接着慢慢收拾好了情绪，结果一出来就看到何昀还坐在客厅等她。

余朦朦一个没忍住，眼眶又红了。

对方很无奈地看着她："快过来我抱抱。"

余朦朦站着没动，他便走过来，帮她把粘在脸上的头发拿开，很温柔地亲了亲她的眼睛："哭得我心都疼了。"

真是个浑蛋。

"我现在只有你一个女朋友，我也没有在外面和别的女人有什么。"他说。

他没和别的女人有什么，但是他要订婚了。

余朦朦一边觉得他渣，一边又催眠自己，至少他对自己和对别人，是不一样的吧。

当天晚上何昀没有走，安抚了她一晚上，第二天又做了早餐，亲自送她去了学校。

晚上余朦朦回了家一趟，她妈说有大事和她商量，她回了家，在餐桌上她妈说何家向他们家提亲了。

余朦朦饭都快喷出来了。

"我就说吃完饭再谈。"她爸一边摘下袖子上的饭粒，一边埋怨她妈，"你看朦朦喷得到处都是。"

"我忍不住嘛。"她说。

"哪个何家？"余朦朦问，她感觉自己的心都快跳出来了。

"还有哪个何家。"她妈妈白了她一眼，"就是那个你一天到晚觍着脸追的那一个。"

"何昀？是何昀吗？"余朦朦再次确认，"利丰的何昀？"

"是啦！"她说。

"他怎么会……"

"欸，不是哦，不是他，是他们家哦，他可没什么话语权。"她妈妈说，"机缘巧合啦，何昀妈妈人很好的，上次他放你鸽子，她就很过意不去，后来有约我打牌喝茶，我们俩还蛮处得来的，就想着不能做亲家就做姐妹咯，前几天她还在说，两家没能结上亲家很可惜，我就说是很可惜，毕竟我们朦朦很喜欢你们家何昀呢。然后她很高兴，说真的吗，那我晚上回去和老头子再说说看。然后第二天就来跟我说，彩礼我们要多少了。"

余朦朦都蒙了："什么意思？"

"什么什么意思，就是他们家要越过何昀的意见，直接促成两家的亲事啊。"她说，"我还在犹豫呢其实。"因为上一次见面何昀没有来，所以她很不喜欢何昀。

"犹豫什么！！！"余朦朦都站起来了，"我嫁！"

她妈妈白了她一眼："他不喜欢你，你还不明白吗？我的傻女儿。"

"没关系！"余朦朦美滋滋地说，"我喜欢他就好了。"

原来他要订婚，不是和别人订啊。

余朦朦高兴极了："什么时候订婚呀？我要开始准备礼服了是不是？为什么要订婚不是直接结婚啊？"

她爸妈："……你先吃饭。"

这件事很突然，她都是现在才知道，不知道何昀知道不知道。

吃完饭之后她没有留在家过夜，因为第二天有早课，她不想早起挤早高峰。

大概是以为她回家吃饭就不回来了，所以何昀今晚没过来。她洗了澡早早就到床上去了，迷迷糊糊中似乎感觉有人进屋上了她的床，余朦朦吓了一跳，猛地开了灯回头看。

却是晚归的何昀，对方正想悄悄亲她一口，她却冷不丁地坐起来了，把他鼻子都快撞歪了。

"你怎么过来了？"

何昀睥睨着她："昨晚还哭着不让我走，今天怎么就问我'你怎么过来了'……"

那是因为今非昔比了，余朦朦心想，昨天的她还一点筹码都没有，今天她可是何昀的未婚妻了。

一想到这个，她就有点开心，但是看到仍然一无所知的何昀，又有点心虚。

"睡吧。"何昀帮她关了灯，"我去洗澡。"

余朦朦没有睡意，但也躺下去了，十几分钟之后他重回床上，习惯性地将手轻轻搭在她肚子上搂住，然后亲了亲她的肩膀。

他以为她已经睡着了，不料旁边的女人又突然开口问他："何昀，你喜欢我吗？"

何昀挺困的了，但还是回答了她："喜欢，最喜欢小鱼了。"

余朦朦便安下心来。

第二天的时候，余朦朦妈妈发信息过来，说订婚的时间定下来了，让她过两天有空的话去试礼服。

看这条信息的时候，何昀就在旁边，即便知道他不会来看她的手机屏幕，但她还是很紧张地侧了侧手机。这个动作被何昀发现了，他嗤笑了一声，问她："和哪个野男人发信息呢？"

"不告诉你。"余朦朦说。

恰好也到了学校，何昀捉着她的手腕亲了她好一会儿才松开她："好好上课，我今晚有事，不来接你了。"

"回来吃饭吗？"余朦朦问。

"我尽量。"

到下午的时候，何昀和余朦朦要订婚的消息就传遍全城了。

她的小姐妹们纷纷给她发来贺信，恭喜她抱得美男归，连沈饶都打电话来逗她，说自己横幅还挂在深水呢，这下又得改了。

余朦朦笑着骂了他一句，然后挂了电话。

之后又有些惴惴不安，不知道何昀知道实情之后，会是什么反应呢。

他当初连和她吃顿饭都不愿意，现在逼着他娶她，他会怎么样？又忍不住想，即便不是余朦朦，是别的女人要和他订婚，那他会为了小鱼反抗吗？

想多了其实是庸人自扰，既然都已经到了这一步，她就再没有回头路了，她也不想再回头了。不管是余小鱼也好，余朦朦也好，都希望能完完整整地拥有他。何昀说对了，她就是贪心，有谁能在得到过他的那些温柔之后还能不贪心呢？

晚上何昀还是回来了，回来的时候已经挺晚的了，但余朦朦给他留了菜。

他吃饭的时候，余朦朦就坐在他对面盯着他瞧，男人神色毫无异状，仿佛根本还不知道那件事。

"何昀。"余朦朦叫他。

"嗯？"何昀抬头看她，"你要吃？"他误以为余朦朦在盯着他的食物。

"我今天听说，你要和余家的千金订婚了。"余朦朦鼓起勇气说。

男人顿了顿，眼睛没有看她。

"是真的吗？"

他"嗯"了一声。

余朦朦戏精上头，控制不住，偏要问他："那我怎么办？"

"什么怎么办？"何昀抬头看她，眼里带着笑意，"这样不挺好的吗？"

余朦朦愣住了："啊？"

"我忤逆不了我爸妈，可能真的得娶那个女人了，但是你呢。"他伸手摸了摸她的手，"我又舍不得。"

"什么意思？你让我做你的情人？"

"我不会亏待你的。"他很温柔地说，"我只喜欢你。"

他说着情话，余朦朦却有些生气，为自己，也为余朦朦："我才不会做你的情人。"

何昀只笑了一声，没有哄她，继续吃着自己的饭。

仿佛对"余朦朦离不开他"这件事胸有成竹。

两日之后，余朦朦独身去试礼服。

本来她妈妈说要陪她去的，但是又临时有事放她鸽子了。

她不觉得何昀会过来，想都不敢想，所以换上礼服走出去看到坐在沙发上的何昀时，她慌得头皮都炸了。

"这套不好看。"他说，像平时和余小鱼说话的语气和神态，"换一套素一点的。"

那旁边站着的店员立刻去拿了一套新的来："何先生，您看这套怎么样？"

他点点头："可以，去试吧。"

余朦朦站在那里，像待宰的鱼："何昀……"

"嗯？"他很温柔地看着她，"要我陪你？"他于是站起来，"走，我帮你换。"

旁边的店员都在偷笑了。

何昀揽着她的腰，把她带进了试衣间。

余朦朦知道他不是进来帮她换衣服的，果然何昀一进来，脸色就变了："余朦朦……余小鱼？"他冷笑一声，"好演技啊，真是把我耍得团团转。"

余朦朦既委屈又害怕："是你自己没有认出我……也是你先追我的。"

"宠物店能遇到，也是你算计好的吧？"何昀诘问。

余朦朦突然就冷静了下来："即便是我算计好的，知道你那天在宠物医院，我也不能算出你不认得我，更不可能随手捡到一只受伤的流浪猫吧。更何况以我的性格，如果想见你，难道不会直接闯到你公司吗？"

看她变了脸色，何昀倒是一下子哑口了。

余朦朦背过身去，本来是生气不想理他的，没想到何昀会错了意，看到她转身，就顺手帮她把背后的丝带解开了。

余朦朦："……"

那丝带纵横交错，她自己确实解不开，便也由着他了。

何昀默不作声地帮她把丝带解开了，又帮着她换了衣服。

帘子拉开，店员在外边吹捧："余小姐穿这套真是好看极了，何先生眼光真好。"

"嗯。"何昀也在打量她，"这套比刚刚那套要好，但是太露了一点。"

店员又连忙去找别的款式了。

最后她在店里试了两个多小时，18套礼服，试得都快烦躁了，他还是不满意。

余朦朦总觉得何昀在整自己，又不敢说。

一直到她最后试到那套珍珠白的裹胸长裙，她看到何昀眼睛一亮——"就这套好了。"

这件裙子单看没什么出色的，但穿在她身上，却格外合适，一点不多，一点不少。

余朦朦也根本没心思欣赏，听到他点头，整个人都松了一口气。

总算是结束了。

试完礼服之后还要试妆，何昀没有耐心等，就先走了。

余朦朦全部弄完出门的时候，才发现何昀的司机和车一直在外面等她。

这人即便是这样了，都还绅士得不行。

她回了家，阿姨正在做饭，菜单上还有何昀最爱吃的肉末茄子。

她一个人吃完了饭，洗了澡，早早就到床上去睡觉了，结果睡到半夜，又感觉有人进门来，她立刻开了灯，扭头望去。

确实是何昀，只是这次他没有过来亲她，而是站在房门口，皱着眉问她："我的内裤呢？"

余朦朦"哦"了一声："以为你不会来了，所以丢了。"

何昀静了两秒，倒也没生气，转身就去浴室了，十分钟后，他裸着身子回了房间，余朦朦只看了一眼，立刻就脸红了。

"你的衣服在客房！"

"现在说已经晚了。"何昀上了床，目的明确地搂过她的腰，余朦朦微微挣扎了一下，就听到他说，"乖，我明天要去东京出差，可能直到订婚那天才能回来。"

听到订婚两个字，余朦朦先是愣了一下，然后停止了动作，由着他亲吻自己。

很不对劲，何昀的反应……余朦朦都已经做好了他因为被欺骗而生气、和她分手不理她、取消婚约等一系列结果的准备了，但是他，看起来并没有那么生气，甚至今晚还回来了。

她第二天起来的时候，何昀已经走了。

众姐妹得知她要订婚了，纷纷约她出去喝酒，称是最后的单身狂欢。

因为以前谈恋爱的时候，她都有跟何昀报备去向的习惯。这一次出门之前，她也下意识地主动给他发了信息，说自己要出去喝酒。

何昀只回了她两个字：去吧。

余朦朦实在是看不出这两个字带来的其他情绪，毕竟他以前也是这样发而已。

于是，余朦朦去了深水，百事通 看到她，就八卦兮兮地凑过来，说："你和那个谁真的要订婚了？"

余朦朦笑眯眯地点头。

百事通有点犹豫地看着她。

余朦朦一看他这个表情就有些警惕："怎么了？有情报？先说是好消息还是坏消息？"

"应该是好消息？"百事通说，"我不确定要不要告诉你。"

"和他有关的？"

对方点头。

"既然是好消息就但说无妨。"

"是这样的，前段时间，他有打听过你。"

余朦朦愣了一下。

"不是跟我，但情报网都是互通的，他找人打听你，别人找我买情报，所以我就知道了。"百事通说，"常规操作，他通常都会搞清楚对方底细再决定要不要下手，你也知道，现在很多女大学生都没有看上去的单纯。"

"打听我什么？什么时候？"

百事通说了个日期："其实也不是打听你，是打听余小鱼。听说他翻遍了全市高校都没找出这个人，然后他拿的照片，是你学信网的照片，你也知道，学信网的照片有多丑，又素颜，别说是我，可能你妈妈都未必能认出来。"

余朦朦："……倒也没那么丑吧？"

"后来我认出来了，就把你的信息给过去了——你把啤酒瓶放下。"

"你出卖我。"

"这哪能算出卖呢，我就是干这个的嘛。"

她算了一下日期，其实那天在 KTV 的时候，他就知道她是余朦朦了，那个一直追他的余朦朦。

他还跟她装了那么久。她现在有点拿不准，他喜欢的是余小鱼，还是装成余小鱼的余朦朦。

他是喜欢她的吧?

余朦朦喝得有点多了，出深水门的时候才发现何昀的司机在等她。

"先生怕您喝多，特意让我来接您。"司机说。

他一向都这么细心又温柔。她借着酒劲，在车里发信息问他:你早就知道了我是余朦朦了，是吗?

你真的喜欢我吗?

你确定要和我订婚吗?

要不我们还是取消婚约吧。

何昀没有回复她，第二天早上她握着手机醒来，也没有任何信息。

她素着一张小脸去上课，下课走出教学楼的时候没有看到接她的车，倒是看到了何昀的车。

这次他没有招蜂引蝶地站在车外，而是老老实实在车里等她，怕她没注意，还给她打了电话。

余朦朦怎么可能会没看到，她几乎是立刻就飞奔了过去，打开车门上了车。

"怎么提前回来了?"她问。

"因为某人昨晚给我发了好几条信息，说要取消婚约。"何昀说，"这么重要的事，当然得见面谈。"

"不不不!"余朦朦急了，疯狂摆手，"我昨晚喝多了!说的话不算数!不取消不取消!"

她怎么舍得取消？

何昀笑了，定定地望了她半响，才低声说："如果这些问题我没有想好，又怎么会追求你？"

余朦朦微微一愣。

"小鱼，怎么办，我可能比想象中的还要喜欢你。"

昨晚收到她的信息，他发觉自己居然有些慌了，急忙就叫秘书订了最早的航班赶了回来。

"其实我也挺担心你的喜欢是一时兴起。"何昀说，"毕竟我这样的人，也并没有什么理由值得人长久喜欢的。"

余朦朦觉得自己的心都化了："我超喜欢你的！"她毫不掩饰地表达自己爱意，"我从来没有这么喜欢过一个人，你超级好。"

"其实没有人这么追过我。"

"我知道啊，向来是你追求别人吧。"

"也不是的。"何昀笑了，"也有人追过我很久的，有些人是喜欢我的脸，有些人是喜欢我的钱，有些人只是想把和我的交往作为吹嘘的资本，都是有目的的。没有人像你这样，单纯只是喜欢我。"

余朦朦未免有些心虚，她不敢说，自己也是因为脸才喜欢上他的。

何昀捉着她的手腕放在唇边亲了一口："如果没有遇到小鱼，我也总有一天会被余朦朦钓到的。"

因为最开始，他也是被她这么纯粹又热烈的爱意吸引的。这么可爱的一个人这样喜欢着他，让他挺束手无策的。

他也会担心自己配不上这么浓厚的喜欢。但还在犹豫的时候，遇到了余小鱼。